U0923283

抒情诗三

3

普希金文集

上海译文出版社

ПОЛНОЕ СОБРАНИЕ СОЧИНЕНИЙ III

冯 春——译

А. С. ПУШКИН

目 次

一八二一

陆地与海洋（莫斯赫的田园诗） …… 003
镜前的美人 …… 005
缪斯 …… 006
“我不再怀有任何愿望” …… 007
“在大家庭圈子里，快乐的宴会上” …… 008
战争 …… 013
致杰尔维格
（“杰尔维格，我的朋友，帕耳那索斯兄弟”） …… 015
致格涅季奇函摘抄
（“朱莉亚刚刚为奥维德戴上花冠”） …… 017
短剑 …… 020
讽刺短诗
（“‘虽然他是个诗人，写诗有一手”） …… 023
致瓦·里·达维多夫
（“此时，正当奥尔洛夫将军”） …… 024
少女 …… 028
致尤里耶夫（“轻佻的拉伊莎喜爱的男人”） …… 029
致卡捷宁（“是谁给我寄来她的肖像”） …… 031
致我的墨水瓶 …… 033
致恰达耶夫
（“在这里，我已忘记往年的惊惧”） …… 038
“谁见过那地方？那里树林和草原” …… 042

狄奥涅雅 …… 044
致普欣将军 …… 045
“我即将沉默。但在悲哀的日子” …… 046
“我的朋友，我已忘记往昔岁月的痕迹” …… 047
一座年轻人的墓 …… 049
拿破仑 …… 052
“忠实的希腊女人！不要哭——他倒下成了英雄” …… 058
致奥维德 …… 059
征兆 …… 064
讽刺短诗（“他是个低能的诽谤者”） …… 065
致多情女子 …… 066
讽刺短诗（“让名誉随意听天由命”） …… 069
致友人 …… 070
基督复活了 …… 071
狱吏与诗人 …… 072
致阿列克谢耶夫
（“我亲爱的朋友，多么不公正啊”） …… 074
讽刺短诗
（“快治疗吧，否则你会成为邦葛罗斯”） …… 077
第十诫 …… 078
“格公爵——和我素未谋面” …… 080
“我内心联翩思绪的知己” …… 081
“我不喜欢你的《高丽娜》” …… 082
“在日祷功课上打过哈欠” …… 083
“塔达拉什卡爱上了您” …… 086
“从前有一个贫穷的穆斯林” …… 087
致维亚泽姆斯基
（“尖刻的诗人，别出心裁的俏皮鬼”） …… 090
“艾列菲丽亚，在你面前” …… 091
“请接受我这新版的篇章” …… 092
“啊，你们这些喜爱” …… 093
“这就是缪斯，那活泼的饶舌鬼” …… 094

“假如一个多情的美人” …… 095
致杰尼斯·达维多夫
（“骠骑兵歌手，你歌唱过军营”） …… 096
“阿格拉娅没有反抗就对情人” …… 098
“我有一个不错的情人” …… 099
“深情的朋友，我最后一次” …… 100
断章 …… 101
“人群中挤满了贪财的犹太人” …… 101
“将军没有发现” …… 101
“在达顿时代” …… 102
“在真切的沉醉中，在无所牵挂的欢乐里” …… 102
“我的手有个特征” …… 102
“扁角鹿在云端奔驰” …… 102
“我看见戈斯托梅斯洛夫威严的陵墓” …… 102
“远离那深不见底的地狱” …… 103
译自拜伦 …… 103
“您首先把小牛犊牵去换……小牝牛” …… 104

一八二二

致巴拉丁斯基（寄自比萨拉比亚） …… 107
再致巴拉丁斯基 …… 108
致友人（“昨天是热闹的告别日子”） …… 109
英明的奥列格之歌 …… 111
塔夫里达 …… 117
致弗·费·拉耶夫斯基
（“我的歌手，我决不夸耀”） …… 122
致希腊女郎 …… 124
致雅·托尔斯泰函摘抄
（“你还在燃烧吗，我的明灯”） …… 126
致弗·费·拉耶夫斯基
（“你说得对，我的朋友——我枉然”） …… 128
致书刊检查官函 …… 131

致异国女郎 …… 138
“令人陶醉的往日知己” …… 139
致费·尼·格林卡
（“当我在生活的欢宴中陶醉”） …… 141
“不久前我在闲暇时候” …… 143
致阿婕莉 …… 145
囚徒 …… 147
“卡古尔的炮弹，你多么神圣” …… 148
“有的人占有我的阿格拉娅” …… 149
“蠢货中的蠢货，你骂吧，嘀咕吧” …… 150
“克拉丽莎钱很少” …… 151
“我的朋友，已经三天” …… 152
沙皇尼基塔和他的四十个女儿 …… 154
“在莫斯科河寂静的两岸之上” …… 164
断章 …… 165
“她……曾经赐给我” …… 165
“来吧，尼基塔，快帮我更衣” …… 165

一八二三

小鸟 …… 169
“今天一早我就在家里” …… 170
自怨自艾 …… 172
“奔腾的波涛啊，是谁阻遏了你” …… 173
夜 …… 174
“我羡慕你啊，你这大海哺育的勇敢水手” …… 175
致维格尔函摘抄
（“基什尼奥夫，可诅咒的城市”） …… 176
“我像孩子般沉浸于甜蜜的幻想” …… 178
“有时，我在甜蜜的迷惑中” …… 179
“一个狡猾的恶魔打破了” …… 180
恶魔 …… 182

"我是个孤独的播种者，在启明星" …… 184
"你能否宽恕我忌妒的猜疑" …… 186
致玛·阿·戈利岑娜公爵夫人
（"很久以前，在我的心坎里"） …… 188
生命的驿车 …… 190
致弗·彼·戈尔恰科夫便函
（"冬天以它松软的围墙"） …… 192
致列·普希金
（"亲爱的弟弟，我们分手时你还是个少年"） …… 193
"'请听，啊，正拉响银弓的赫利俄斯" …… 194
致玛·叶·艾赫菲尔德
（"衣装笔挺，才华横溢"） …… 196
"那可怕的时刻将来临……你的天仙般明眸" …… 197
"晚祷已经过去了好久" …… 198
"我们的心都想为所欲为" …… 200
"杜曼斯基把自己的光阴献给" …… 201
断章 …… 202
"我这俘虏实在不可爱" …… 202
"嘴在微笑，眼睛在微笑" …… 203
"告诉我，是不是我发现了你" …… 203
"里兹尼奇太太长着罗马人的鼻子" …… 203

一八二四（南方）

"肃立的卫兵在皇宫门前打盹" …… 207
致达维多夫（对邀我经由海路同游克里米亚南岸的答复） …… 212
普洛塞耳皮那 …… 214
"一切都结束了：我们没有缘分" …… 217
"你负有什么使命，是谁将你派遣" …… 218
致海船 …… 220
"啊，田野、树林和山峦的温文诸神" …… 221

"半个英国贵族，半个商人买办" …… 222
"歌手大卫虽长得矮小" …… 223
"爱的小屋，它永远荡漾着" …… 224

一八二四（米海洛夫村）

致沃尔夫函摘抄
（"你好，沃尔夫，我的朋友"） …… 227
致雅泽科夫（米海洛夫村，1824） …… 229
书商和诗人的谈话 …… 232
致大海 …… 242
阴险 …… 246
致巴赫奇萨拉伊泪泉 …… 248
葡萄 …… 250
"啊，我失去了自由，玫瑰姑娘" …… 251
"夜晚的微风" …… 252
"阴雨的白天昏暗了；雨夜的阴霾" …… 254
仿《古兰经》（献给普·亚·奥西波娃） …… 256
一　"我起誓，凭成对的与未成对的" …… 256
二　"啊，先知的纯洁的妻妾" …… 257
三　"听到有盲人向他走近" …… 258
四　"啊，全能的真主，在古代" …… 259
五　"大地凝然不动，造物主啊" …… 260
六　"我并非偶然梦见你们" …… 261
七　"起来吧，胆小鬼" …… 262
八　"面临着清贫，可别出卖良心" …… 262
九　"困倦的旅人对真主抱怨频频" …… 263
"你憔悴而沉默，悲伤在咬噬着你" …… 266
致恰达耶夫（寄自塔夫里达海岸） …… 268
狂风 …… 270
"纵使我赢得美人儿的真心爱情" …… 272
再致书刊检查官函 …… 273

克娄巴特拉 …… 277
“季姆科夫斯基上台了——顷刻间满城风雨” …… 281
致奥里查尔伯爵（“歌手！我们两个民族”） …… 282
致普列特尼奥夫函摘抄
（“你出版了我伯父的作品”） …… 284
“沙皇的黑人想起要娶亲” …… 285
“T-说得对，他如此确切地将您” …… 286
“这高贵的女性很令我遗憾” …… 287
“妙龄的美人儿，当你的夫君尚未” …… 289
“这个令人厌烦的酷评家” …… 290
“我们祖先的豪爽伙伴” …… 291
“对于甜蜜希望的召唤” …… 292
致萨布罗夫（“萨布罗夫，你在诽谤”） …… 294
致婴儿 …… 295
“丽莎对恋爱深怀恐惧” …… 296
致罗江科函摘抄
（“别了，乌克兰的贤达之士”） …… 297
致列·普希金函
（“怎么样？可有葡萄美酒”） …… 298
“房间用隔板从当中隔断” …… 300
断章 …… 301
“他冷淡地笑了笑” …… 301
“犹如拜伦歌唱过的囚徒” …… 301
“一个人虚弱而怯懦” …… 301
“伊凡王子在森林里狩猎” …… 302

一八二一

陆地与海洋[①]

（莫斯赫的田园诗）

当西风掠过蔚蓝的海洋，
轻轻地吹拂着片片风帆，
驱动骄傲的大船去远航，
并且爱抚着风波里的小船，
我卸下焦虑和忧思的重负，
这时我为能偷懒而更欢畅，
我更忘怀了缪斯的诗赋：
海洋甜蜜的涛声更悠扬。
可是当狂澜向海岸冲击，
它怒吼、激荡、浪花飞溅，
天空中滚过阵阵惊雷，
一道道闪电划破黑暗，
我便远远离开这海洋，
躲进好客舒适的树林；
我觉得陆地更加安全，

① 这是古希腊诗人莫斯赫田园诗的意译。

艰难的渔夫很叫人怜悯：
他生活在简陋破旧的小船上，
被盲目的深渊玩弄于股掌中，
而我在宁静中安然无恙，
谛听着山谷里淙淙的流水声。

镜前的美人

请看一眼那可爱的美人儿，她正用
一朵朵鲜花装扮着自己的前额，
她玩弄着鬈发，而忠实的镜子则映出
她的微笑、得意和调皮的神色。

缪 斯

在我幼小时，她就对我格外垂青，
她把一支七管的芦笛相赠。
她微微含笑谛听我的吹奏，
我已经学会用纤弱的双手
轻按着芦管发出乐音的小眼，
吹起诸神启示的庄严的颂赞
和弗里吉亚[①]牧人宁静的小曲。
从早到晚，在橡树林的清荫里，
我用心聆听神女的教诲，
为使我高兴，她有时会给我奖励，
把一绺绺鬈发撩开她的额际，
从我的手中接过这支芦笛。
神灵的气息使芦笛充满灵气，
于是我的心充满了神圣的迷醉。

① 小亚细亚西北部古国，公元前 10 世纪至公元前 8 世纪为王国。

* * *[①]

我不再怀有任何愿望，
我不再喜爱自己的幻想，
只有心灵空虚的结果——
痛苦，遗留在我的心上。

在残酷命运的风暴摧残下，
我烂漫的花冠已经凋零，
我悲哀而孤独地苦度时光，
等待着，看末日是否来临。

就像一片残存的树叶，
听到严冬风暴的怒吼，
又惊于晚来寒潮的袭击，
在枯枝上孤零零地颤抖。

① 这首哀歌原来是为《高加索俘虏》第 2 部而写的。

* * *

在大家庭圈子里，快乐的宴会上
我是个郁郁寡欢的异路客，
远离爱好自由的朋友，
因世态炎凉而备受冷落。
爱情的歌手，悲惨的流浪汉，
我忘却了诗琴和心中的宽舒，
追随心爱的理想而飞翔。
年轻的逐客，何处是归宿——
我将遗忘痛苦和爱情，
心中燃起的冒失火焰
和虚假的幻影将离我而去，
我要扔掉行路的手杖，
我可会重获心中的安谧？……
而你们，年轻的伙伴，朋友们，
请准备隆重热闹的酒宴
准备好巨大的轮饮之杯，
诗琴的颂歌和鲜艳的花冠。

…………

…………传到我耳边
我所熟悉的琴弦的乐音
勾起了我心中深深的哀怨。
命运是如此严酷冷峻，
早就把歌手们无情地拆散……
他们的诗琴那轻佻的音韵
已不再轮番将幸福歌吟，
心情因惆怅而变得灰暗！
年轻人欢宴的笑声已阑珊，
疯狂奔放的话音亦消失，
情人们已经把我们忘记，
种种娱乐已烟消云散。
在落寞冷清的放逐时分，
我时刻燃烧着殷切的期望，
回忆振翼朝你们飞翔，
在想象之中我看见了你们：
无眠与欢宴的忠实女伴，
我们的灯①，你是否仍然晶莹？
快乐俏皮的朋友，金盏
是否仍在你手中翻腾？
你在哪里，好客的居室
爱情和自由缪斯的客厅？

① 指绿灯社，一般在弗谢沃洛日斯基家中聚会。该团体已于 1820 年解散，但普希金不知道。下文多涉及绿灯社的活动。

在那里我们曾互相起誓，
订下天长地久的同盟，
我们领略了友情的欢快，
戴着尖顶帽围坐在桌旁，
个个感受平等的可爱，
在那里我们纵情欢乐，
不断调换话题和美酒，
喧腾着故事和淘气的歌声，
我们的争论热烈而自由，
总爆出玩笑和斗酒的火星。
我的诗人们，我还能听到
诸神那庄重激昂的语言？
给我斟一杯彗星佳醪[①]吧，
卡尔梅克人[②]，祝福我身体康健。
长久的分离使我们沉痛，
且把那寒心的悲痛忘怀，
你还在，快乐的安菲特律翁[③]，
善良的幸运儿，为撒谎而欢快！
请把昔日的友情燃起，
祝福我得以返回故土，
可他在哪里，你亲爱的兄弟，
喜曼不久前才把他招募？

---

① 一种葡萄酒，用 1811 年收获的葡萄酿成，那一年有彗星出现。
② 弗谢沃洛日斯基家中的童仆，在聚会时常对客人说：“祝你康健！”
③ 希腊神话中的底比斯王。此处指弗谢沃洛日斯基。他的兄弟亚历山大于 1820 年 1 月结婚。下文喜曼指希腊神话中的月下老人。

你们兄弟俩在往昔时光，
总在晚间谈论时畅饮，
对那自由和美酒的歌人
赠以蜜糖一般的颂扬。
来吧，美貌英俊的阿多尼斯[①]，
佩福斯神庙和库忒瑞[②]的枪骑兵，
轻佻风流的拉伊莎[③]的情侣，
维纳斯的宠儿，你多么幸运。
还有你，在幕后策划的市民，
恶毒编著戏剧编年史[④]，
你对那些迷人的女艺人
虽然崇拜，却朝三暮四。
可我喜欢她们的俏皮、
快乐、睿智和谈论家常。
她们的笑容、言语和目光，
可是我却委屈了那美女[⑤]，
在她的声名光芒闪耀、
萦绕着热烈赞扬的神香，
由于气恼，我曾用口哨
压下那也许是不公正的捧场。
消逝吧，唯一报复的一霎，

① 希腊神话中的美少年，此处指诗人尤里耶夫。
② 希腊神话中爱神阿佛洛狄忒的别名。佩福斯神庙即阿佛洛狄忒神庙。
③ 拉伊莎，古希腊交际花，此处指轻浮女子。
④ 指剧作家巴尔科夫，曾在绿灯社聚会上恶毒攻击著名女演员谢苗诺娃。
⑤ 指女演员科洛索娃，奥泽罗夫悲剧《芬加尔》中的人物，科洛索娃曾饰演过这个角色。

粗暴诗琴虚假的乐曲，
亲爱的朋友，是她有愧，
面对墨尔波墨涅和莫伊娜①。
仍然是一片穹隆笼罩
帕耳那索斯山②三女神的神庙，
仍然是年轻女祭司的喊叫，
仍然是轮舞在婆娑舞蹈。
难道谢苗诺娃那奇妙的缪斯
迷人的歌声从此消泯？
难道她就此永远抛弃
和福玻斯③的交情，离开我们，
俄罗斯的荣光从此消逝？
我不信，她定会重返剧坛，
心灵的礼物会重为她准备，
她那誉满天下的桂冠
永不会在我们面前凋萎。
为了她，我们那荣誉的情人，
高傲的阿俄涅斯④的伙伴，
年轻的卡捷宁会重新施展
索福克勒斯⑤非凡的才能，
把尊贵的紫袍再为她奉献。

---

① 墨尔波墨涅是悲剧女神，缪斯之一。莫伊娜是俄国剧作家奥泽罗夫的悲剧《芬加尔》中的女主人公，科洛索娃曾扮演这一角色。
② 帕耳那索斯山，诗神居住的地方。
③ 希腊神话中的太阳神，一说是阿波罗。
④ 诗神缪斯的别名。
⑤ 索福克勒斯（前 495—前 405），古希腊伟大悲剧作家。

战　争[1]

战争！终于爆发了，
光荣的战旗在猎猎飘扬！
我将看见鲜血，看见复仇的盛典；
致命的子弹将在我周围嗖嗖鸣响。
在我渴望的心灵中将留下
多少惊心动魄的印象：
勇猛义军的冲锋陷阵、
军营的警报，刀剑的交响，
在残酷交战的烽火当中
士兵和将领一批批阵亡！
我那沉睡的才华将被唤醒，
为众多颂诗的题材歌唱。
一切对我都很新鲜：普通的帐篷、
敌营的篝火、异域语言的呼喊、

① 这首诗是因希腊人民起义反对土耳其的奴役而作的，普希金曾打算参加起义队伍，投入战斗。他曾在 1823 年 1 月 30 日给弟弟的信中提到此事。

傍晚的鼓声、大炮的轰鸣、炮弹的呼啸、
　　面临可怕死亡的预感。
盲目追求荣誉的热情、战死沙场的渴望、
英雄心中的烈焰，可曾在我胸中产生？
双重的桂冠是否将归我所有？
战争的命运是否注定我将悲惨地丧命？
一切都将随我灭亡：对崇高境界的追求、
青春岁月的希冀、心中神圣的热情、
对兄弟的回忆、对友人的怀念，
还有那创作构思产生时的枉然冲动，
还有你，你，爱情？难道战争的枪炮声、
繁忙的军务、在巨大名声下怀有的怨怼，
都不能窒息我那些惯常的思绪？
　　我中了剧毒，浑身瘫软：
我失去了平静，难以使自己行动如常，
令人痛苦的慵懒强制着我的心灵……
　　那战争的恐怖为何迟迟不曾来到？
那第一场战斗为何还没有打响？

致杰尔维格

杰尔维格，我的朋友，帕耳那索斯兄弟，
你的散文使我感到快慰，
然而我承认，男爵，我有罪：
对于诗歌，我更加欢喜。
你自己也知道，在过去的岁月，
我在帕耳那索斯山泉边
喜欢把长诗和颂诗涂写，
人们甚至还曾经看见
我把时髦的木偶戏追蹑。
常常，不管我写了些什么，
有些人总觉得少了俄罗斯味，
不管我对检查官请求什么，
季姆科夫斯基[①]总表示惊奇。
如今我已是奄奄一息，
缪斯因节欲而日渐憔悴，

① 伊 · 奥 · 季姆科夫斯基，当时的彼得堡书刊检查官。

我已很少很少跟她亲昵。
对浮云般的荣誉我已冷淡；
只是像长年的习惯一样，
我懒懒地跟在她的后面，
像丈夫跟着骄傲的婆娘。
我已忘记她郑重的诺言，
唯有自由才是我的偶像，
然而，我的诗人们，我仍然
热爱你们诗琴欢乐的乐章。
就像你们那拉皮条的女人，
如今已忘却年轻时的荒唐，
还在那里满面笑吟吟
看着年轻……的放浪。

致格涅季奇[1]函摘抄

朱莉亚[2]刚刚为奥维德戴上花冠，
狡猾的奥古斯都就把他流放，
他在这里苦度悲惨的时光；
在这里他小心翼翼地弹起
愁肠百结的诗琴，把诗章
献给他那铁石心肠的偶像。
这里远离北方的古都，
我已把它长年的浓雾淡忘，
惊扰着摩尔多瓦人的美梦，
我的芦笛发出自由的声响。
我依然如故，和从前一样，
决不向愚妄的人低头哈腰，
只和奥尔洛夫[3]争辩，很少喝酒，

---

① 格涅季奇（1784—1833），俄国诗人。
② 古罗马皇帝屋大维·奥古斯都的女儿。
③ 米·奥尔洛夫（1788—1842），十二月党人，在他基什尼奥夫的家里常有十二月党人的聚会。

也不怀着不切实际的希望，
向屋大维歌功颂德，献媚讨好。
我为友谊书写轻松的书信，
并不深思熟虑，严格推敲。
你啊，冥冥中的命运赋予你
大胆的才智和崇高的心灵，
让你庄严深刻的诗歌
充满孤独生活中的欢欣；
啊，是你的再创造重现了
阿喀琉斯[1]威严的幽魂，
你向我们显现荷马的缪斯，
是你解除铿锵的镣铐，
解放了荣誉的大胆歌人；
你的声音传到了遥远的绝域——
在那里，我隐姓埋名，躲避
伪君子和愚妄之徒的迫害——
那充满灵感的甜蜜声音
重新使歌手勃发生机。
福玻斯的宠儿！我多么珍视
你诚挚的问候和真心的赞美；
诗人活着是为了缪斯和友谊。
他对仇敌只报以轻蔑，
他决不卷入市井的厮杀，

① 希腊神话中的英雄，除脚踵外，任何武器都不能伤害他的身体，后被敌人用箭射中脚踵而死。

以此辱没缪斯的名声，
他顺便还拿起教训的藤条，
鞭打佐伊尔[①]那样的酷评家。

① 佐伊尔，公元前4世纪古希腊酷评家。

短　剑[①]

楞诺斯的火神[②]把你锻造，
交给不死的涅墨西斯[③]掌管，
惩罚的短剑，你是自由的秘密卫士，
你是最高法官，为人们雪耻伸冤。

如果宙斯的雷不响，法度的宝剑打盹，
你就把人们的诅咒和希冀实现，
你可以隐藏在皇帝的宝座之下，
也可以藏在华丽的服装里边。

犹如地狱之光，犹如天神的闪电，
你无言的剑锋总对着恶人的眼睛闪亮，
于是他左顾右盼，浑身颤抖，

① 这首诗是对西欧蓬勃发展的革命运动的反应，曾广为流传，成为反对沙皇专制制度的号角。
② 即希腊神话中的赫淮斯托斯，住在楞诺斯岛上，能建筑神殿，制作各种武器和金属用品。他技艺高超，被认为是工匠的始祖。
③ 希腊神话中的报应女神。

在饮宴时也会心惊胆战。

不管到哪里，你都能突然向他猛刺：
无论在陆地，在海洋，在庙宇和营帐里，
或是在隐秘的城堡里面，
或是在床上，在他的家里。

在恺撒的脚下，卢比孔河[①]哗哗地奔流，
强大的罗马崩溃了，法度低首神伤，
但热爱自由的布鲁图奋起了，
你打倒了恺撒——他死了，依傍着
骄傲的庞培的大理石雕像。

暴乱的子孙掀起一阵凶狠的狂叫；
自由被砍了头，在尸体旁边
站着一个丑恶的刽子手，
卑鄙、阴沉、两手血迹斑斑。

死亡的信徒[②]不断地把祭品
向劳累不堪的地狱奉献，
但最高的裁判却把你

---

① 卢比孔河在意大利中部。公元前 49 年，罗马统帅恺撒（前 100—前 44）渡卢比孔河追击罗马统帅庞培，公元前 48 年，两人会战于法萨罗，庞培兵败，逃入埃及被杀。恺撒成了罗马的独裁者。公元前 44 年，罗马奴隶主贵族布鲁图为了恢复共和政体，刺死了恺撒。

② 指 18 世纪法国资产阶级革命领袖马拉。因马拉把许多人送上断头台，普希金对他持否定态度。

和欧墨尼得斯[①]派到他身边。

啊，正直的年轻人，命运选中的勇士，
啊，桑德[②]，你的生命在断头台上燃尽，
但是，在你被处死的尸骨里
却保留着圣洁的美德的声音。

在你的德国，你成了永存的幽灵，
你用灾祸来威胁犯罪的一帮，
而在你庄严肃穆的坟茔上，
无名的短剑放射着光芒。

① 希腊神话中的复仇女神。此处指夏洛蒂·科尔代，她刺杀了马拉。
② 德国大学生，因刺死德国反动作家科策布被处死。

讽刺短诗

“虽然他是个诗人，写诗有一手，
可他腹中空空如也，这个艾米利[①]。”
“那你腹中有什么，盛装的小丑？
噢，我懂了，你装满了自己；
亲爱的朋友，你装满了垃圾！”

① 草稿中作“柳德米林”，意为“《鲁斯兰和柳德米拉》的作者”，即普希金自己。

致瓦·里·达维多夫[①]

此时，正当奥尔洛夫将军[②]
修饰一新，作为喜曼的新兵[③]，
胸中燃烧着神圣的爱情，
准备着上战场冲锋陷阵；
正当你这聪明的调皮鬼
在喧闹的谈笑中欢度良宵，
拉耶夫斯基一家[④]也在场，
畅饮一瓶瓶“爱伊”佳酿；
当料峭的早春笑容可掬，
把黏稠的泥泞铺满大地；
我们的独臂公爵[⑤]痛苦地

---

① 瓦·里·达维多夫（1792—1855），普希金在卡敏卡村认识的十二月党人。
② 奥尔洛夫将军于1821年5月和叶卡捷琳娜·拉耶夫斯卡娅结婚。
③ 喜曼的新兵即新郎。第4行“上战场冲锋陷阵”指结婚。
④ 尼·尼·拉耶夫斯基（1771—1829），骑兵上将。“一家”指拉耶夫斯基父子。
⑤ 独臂公爵，指亚历山大·易普息兰梯（1792—1828），皇帝的侍从武官，1820年起为希腊“友谊社”领导人。1821年3月初在多瑙河一带起义，反抗土耳其的奴役。他曾在1813年的德累斯顿战役中失去右臂。

在多瑙河两岸揭竿起义……
为看到你、拉耶夫斯基一家
和奥尔洛夫，为回忆卡敏卡而欣喜，
我想对你说上几句话，
谈谈基什尼奥夫，谈谈自己。
　前几天，就在大教堂里面，
那贪吃的白发苍苍的总主教
在午餐前竟突然立下遗愿，
祝福全俄罗斯永远美好，
就升天去找马利亚和鸽子的产儿①，
为基督复活而亲吻祝祷……
我也学得乖巧，口是心非，
吃斋，祈祷，坚定地相信
上帝定会饶恕我的罪孽，
犹如皇帝宽容我的诗文。
英佐夫②在斋戒祈祷，前几天
我也扔下帕耳那索斯的狂想
和命运的罪恶礼物——诗琴，
去吃干蘑菇，念起日课经，
还为做礼拜去上教堂。
可是我那骄傲的理智
却不停地咒骂我的悔过，

① 《圣经》中，圣灵化作鸽子使马利亚怀了孕，生下耶稣基督。此处“马利亚和鸽子的产儿”即指耶稣。
② 英佐夫（1768—1845），比萨拉比亚总督，普希金流放在基什尼奥夫时的上司。普希金作为他的下属，必须和他一起斋戒、祈祷。

而我那不信上帝的肚子
也喋喋不休地对我说：
“行行好吧，老兄，什么时候
基督的血[①]才能换一杯拉菲特……
哪怕是一杯克洛德夫柔[②]，
要不然，想想都觉得好笑！
竟喝那兑水的摩尔达维亚酒。”
我还是边祈祷……边叹气……
画着十字，不听撒旦的引诱……
不过，达维多夫，我总是
不由自主地想起你的葡萄酒……

　那是另一种意义的圣餐：
当你，还有志同道合的友好
聚集在熊熊燃烧的壁炉前，
身穿民主主义的长袍，
往救命的酒杯里满满斟上
不起泡沫的冰镇清流，
为她[③]和他们[④]的身体健康
干杯，一饮而尽的时候！……
但他们在那不勒斯淘气，
而她也未必能够复活……

---

① 基督教圣餐，用红葡萄酒和面包代表耶稣基督的血和肉。
② 拉菲特和克洛德夫柔都是葡萄酒的牌子。
③ 指“自由”。
④ 指意大利烧炭党人，1821 年 3 月的那不勒斯起义为奥地利军队所镇压。

各国人民都希求安宁，
但重轭却久久未能摧折。
难道希望之光已经消隐?
不，我们必将享尽欢乐，
让我们进一杯圣餐的血，
我要说：基督已经复活。

少　女

我对你说过，要当心娇媚的少女！
我知道：她那天生的魅力会使人入迷。
不慎的朋友，我知道，在她面前，
你无力旁顾，也不会去寻觅别的秀眼。
失去了希望，忘怀了负心的甘甜，
郁悒的年轻人对着她狂燃着情焰；
幸运的宠儿，命运的知心朋友，
无不恭顺地向她表白钟情的恳求；
但高傲的少女憎恶他们的感情，
她低下双眼，无意对他们垂青。

致尤里耶夫[①]

轻佻的拉伊莎喜爱的男人，
塞浦律斯[②]迷人的宠儿，
我的阿多尼斯，你要学会
忍受她那一时的冷落！
按照你命中的定数，她赋予你
青春的美貌特有的魅力、
乌黑的胡髭、活泼的眼神、
情意绵绵的微笑和深思。
亲爱的朋友，这已经够了，
纵使你未有过火热的欲念，
也未曾享受女友亲吻的
欢乐，你还有什么不满？
在城市乌烟瘴气的娱乐场，
在忒耳西科瑞[③]的轻歌曼舞中，

---

① 费·尤里耶夫（1796—1860），绿灯社诗人，近卫骑兵团军官。
② 爱神阿佛洛狄忒的别称。
③ 缪斯之一，主管舞蹈。

妙龄的美女总是向你
转过脉脉含情的明瞳。
唉！那充满爱的无声语言，
那不言自明的心灵叹息，
对于你那自尊快乐的心，
亲爱的朋友，该是多么甜蜜。
你真该为自己的命运高兴。
而我，一个游手好闲的浪子，
相貌丑陋的黑人后裔，
在无拘无束的环境中长大，
未曾尝到爱情的苦痛，
却以无耻而狂热的欲念
赢得青春美女的垂青；
年轻的山林水泽仙女
不由自主地泛起红晕，
自己也不知道什么缘由，
有时竟也窥视着法翁①。

① 罗马神话中的农牧之神，半人半羊。

致卡捷宁[1]

是谁给我寄来她的肖像——
天仙般秀丽美人的玉容?
我向来热烈地崇拜天才,
作为诗人我曾把她赞颂。
美人儿曾经蜚声剧坛,
独自享受着观众的香火,
也许是出于荒谬的偏激,
我用嘘声去压制颂赞的狂热。
一时的激愤已经平息,
错误的琴声也已消逝,
面对色里曼娜[2]和莫伊娜,
亲爱的朋友,是诗琴的过失。
诸神哪!凡人唐突了你们,

---

① 卡捷宁(1792—1853),俄国诗人、剧作家,是女演员亚·科洛索娃的老师。普希金曾在讽刺短诗《埃斯菲拉一切都使我们着迷》中讽刺过她,他通过这首给卡捷宁的诗有意向科洛索娃表示歉意。

② 色里曼娜是莫里哀喜剧《讨厌鬼》中的人物,科洛索娃曾饰演过这个角色。

这全是因为他生性躁下；
但是他那颤栗的手很快
会把新的贡品向你们奉献。

致我的墨水瓶

　我的墨水瓶，闲暇时
我联翩思绪的女伴，
我那多彩的人世
总是用你来装点。
欢乐的朋友，我常常
和你在一起，忘记
约定一醉的时光
和那节庆的酒席；
在质朴简陋的农舍，
在悲伤痛苦的时刻，
你和青灯与梦幻
总和我相依相伴。
当灵感在我心中充满，
我总奔到你面前，
把我的缪斯召唤，
共赴想象的盛宴。
一缕缕透明的轻烟

萦绕在你的头顶上，
带着激动的震颤，
在其中快速地轮番
…………①

我所珍爱的宝贝
就隐藏在你的底部。
我把你作为奉献
交给闲暇时的课卷，
我纵容了自己的慵懒，
懒惰是你的伙伴。
无名的隐士和你
一起感受了成功……
你神圣的水晶酒杯
珍藏着天庭的火种；
在那些傍晚时分，
鹅毛笔在本子上徜徉，
不需要大伤脑筋，
就能在你的身上
找到诗篇的结尾
和正确无误的佳句，
一会儿是音韵或词汇
组成了神来之笔，
戏谑的辛辣与俏皮，
一会儿是义正词严，

① 此处原作缺失约40行。

一会儿是新奇的韵式，
闻所未闻的新鲜。
为剥去蠢材的伪装，
我高兴地用你的墨水
给那些酷评家和外行
打上深深的印记……
无论是流言蜚语，
无论是恶毒的诽谤，
我都不会把它抹去。
而对于质朴的心地，
你不会去玷污杀伤，
用恭维或者背弃。

但这里，在慵懒的怀抱，
我听见关心我的友好
发出的委婉抱怨……
难道我会忘了他们，
我那些知心的友伴，
对他们我难道会失信？
丢开吧，丢开偶然
产生的习惯思索、
扬抑抑格和扬抑格，
去写散文体的书简。
且把冷清的时刻、
心灵的空虚忧伤、
生离死别的失落、

经常产生的梦想、
我的希望和情感，
不夸张也不渲染，
都坦然写入信笺……
以漫不经心、轻松
而柔情的随意闲谈
去抚慰朋友们的心灵……

　无忧的自然之子，
我在遗忘中虚掷了
我那金色的年华，
请不要和我分离，
活下去，万事如意，
我的亲密的墨水瓶啊。

　当那地狱的彼岸
把我永远地攫去，
当我的欢乐——鹅毛笔
进入永恒的安眠，
而你也孤苦伶仃
在空寂的角落受冷落，
你永远离开了诗人
那冷清凄凉的庐舍……
我的挚友恰达耶夫
会忧伤地将你收录，
请向我昔日的好友

致以最后的问候。
墨水干枯瓶子空了，
你将会永远沉默，
请待在两幅画中间，
为他的壁炉增色。
你不用招摇吸引
苛求世人的垂青，
但要提醒朋友们
记住忠实的诗人。

致恰达耶夫

在这里，我已忘记往年的惊惧，
奥维德的遗骨是我孤寂的邻居，
声名对于我已是身外之物，
我疲惫的心灵只因思念你而痛苦。
向来痛恨令人拘谨的繁文缛礼，
我不难摆脱饮酒作乐的恶习，
纵使席间妙语连珠，我心却在昏睡，
冷淡的礼貌中蕴含着火热的真理。
离开那群轻狂吵闹的年轻人，
我在放逐中并不惋惜他们；
我叹息一声，抛弃另一些迷误，
让仇敌在我的遗忘中受到咒诅，
冲破我曾在其中挣扎的牢笼，
我的心感受到未曾有过的宁静。
不受拘束的保护神在我孤独时
享受了平静的劳作和渴求的沉思。
自由支配时间，心与秩序谐和；

我学习保持长久而专注的思索；
在自由的怀抱中我不断寻求办法，
弥补被骚动的青春虚掷的年华，
在教养上和时代处在同一条水平线
和平的女神缪斯又在我面前显现，
对我无拘无束的闲暇微笑赞许；
我的双唇又贴近被抛弃的芦笛，
昔日的乐音使我欣喜万分，
我又歌唱起幻想、大自然和爱情，
歌唱起忠实的友情、在我人生之初
曾使我迷恋的那些美好事物；
在那些日子，我还默默无闻，
不懂得目标、观点，也不为什么操心，
我的歌声荡漾在嬉戏和慵懒的庭院，
荡漾在皇村宁静安谧的花园。

　　但我没有尝到友情，我满怀伤悲，
遥望异乡的碧空、南方的土地；
无论是缪斯、劳作、闲暇的欢欣，
什么也不能代替唯一的友人。
你曾是给予我心灵力量的良医；
啊，我始终不渝的朋友，我要献给你
经受命运考验的短暂的一生，
还有那也许是被你拯救的感情！
在我的少年时期，你就了解我的心；
你看到我这饱受痛苦煎熬的人

后来怎样在热情冲动中暗暗凋萎，
在我面临隐秘的深渊濒于毁灭时，
是你伸出警觉的手把我扶持；
你给了朋友希望，也给了安慰；
你用严峻的目光洞察了我的内心，
用忠告或责备重新给予它生命；
你的热情又激起我对崇高的热爱，
坚韧的毅力重新充溢我的心怀；
流言蜚语已不能使我苦闷，
我已经学会蔑视，也学会憎恨。①
我何必白费力气去郑重评判
那显赫的奴才，佩戴勋章的愚顽，
或者那个哲学家②？在前几年
他还因荒淫无耻而丢人现眼，
但他学了点风雅，想洗雪耻辱，
不再酗酒，却成了牌桌上的赌徒。
那没人理睬的演说家卢日尼科夫③
已不能用他枉然的狂吠使我恼怒。
当我能够为你的友谊而骄傲，
难道我值得为那些浪荡汉的造谣，
为贵夫人、酷评家和愚人的议论叹息，

---

① 费·伊·托尔斯泰伯爵（1782—1846），骠骑兵退伍军官，是个上流社会的酒鬼、色鬼、冒险家，普希金认为他传播了他被流放南方以前在警察局曾被鞭打的谣言。诗人在盛怒之下，曾想以自杀或行刺亚历山大一世来洗刷耻辱，为恰达耶夫所劝止。本诗与此事有关。

② 即指费·伊·托尔斯泰。

③ 指卡切诺夫斯基（1775—1842），保守的历史教授，《欧罗巴导报》的编辑，普希金的仇人，他曾在自己的文章上署名“卢日尼基老人”。

值得去分析谣言中玩弄的诡计？
我要感谢诸神，我已渡过难关；
早年的悲哀曾使我活得很艰难：
我已习惯于悲哀，和命运清了账，
将以坚韧的心去经受生活的风霜。

　我唯一的愿望：请和我朝夕相伴，
我再不用别的祈求去烦扰上天。
啊，我的朋友，难道我们就要离分？
什么时候我们再能相见和谈心？
什么时候我能听见你真诚的致意？
我要怎样拥抱你！我将看见你的书室，
在那里你永远睿智，偶尔也有幻想，
并且冷静地观察群俗的轻狂；
我要来看你，亲爱的深居简出的友人，
来和你共同回忆当年的谈论、
年轻人的晚会、关于未来的争辩、
熟悉的故旧当年生动的言谈；
我们要争论、读书、评判和吵嚷，
重新燃起对于自由的热望，
我将感到幸福；但看在上帝分上，
请把谢平①赶出我们的书房。

① 谢平（1790—1874），彼得堡军官。普希金曾说谢平是彼得堡上流社会的沙皇。

* * *[1]

谁见过那地方？那里树林和草原
被大自然打扮得蓬勃而且绚烂，
那里的波浪在快乐地嬉闹和闪耀，
并且轻轻地抚爱着静谧的海岸，
那里的月桂穹隆下，愁人的风雪
不敢在山冈上面肆意徘徊。
请你告诉我：谁见过这迷人的地方？
它曾为我这无名的逐客所喜爱。

金色的疆域！爱尔维娜[2]喜爱的地方，
我的心愿早已向你飞去！
我还记得岸边悬崖上的峭石，
我还记得那欢乐奔流的小溪，
还有树荫、涛声和美丽的山谷，

① 这首诗是普希金在回忆克里米亚时写作的。
② 虚拟的女性名字。

那里居住着普通的鞑靼人家，
他们在操劳和相互友爱之中，
宁静地生活在好客的屋顶底下。
那里气象万千，让人赏心悦目，
那里有鞑靼人的花园、村庄和城市；
巨大的巉岩峭壁倒映在水中，
海船在远处迷茫的海面上消失，
葡萄藤上面挂着一串串琥珀；
牛羊叫着，在牧场上慢慢游荡……
船上的乘客可以看见，落日
把米特拉达梯①的陵墓照得通亮。

在那香桃木喧闹的倾圮的陵墓上，
我能不能重新透过幽暗的树丛
看到悬崖和蔚蓝大海的闪光，
还有那喜笑颜开的晴朗的天空？
我动荡的生活会不会终于安定？
会不会重新来临——那美好的往昔？
我能不能重新走进甜蜜的浓荫，
让心灵在安谧的慵懒中安静地睡去？

① 纪元前本都王国的国王。

狄奥涅雅[1]

赫洛密德爱上了你：他正值青春年华，
好几次我们看见你们在一起说悄悄话；
你默默地听着，脸上泛起了红晕；
你垂下双眼，目光里燃烧着春情，
　　后来，狄奥涅雅，你脸上
还久久保留着甜蜜温柔的笑容。

① 狄奥涅雅和赫洛密德是古希腊田园诗中常用的人名。

致普欣将军[1]

冒着硝烟、鲜血、枪林弹雨前进，
　　如今这条路就在你脚下；
然而你已经能够看清自己的命运，
　　你是我们未来的基洛加[2]！
很快很快在饱受奴役的人民当中，
　　就会停止不满的诅咒，
你会把铁锤紧紧掌握在手掌之中，
　　并且振臂高呼：自由！
啊，我要赞美你啊，忠诚的兄弟！
　　啊，共济会员，你多么可敬！
啊，基什尼奥夫，啊，黑暗的城市！
　　欢腾吧，他所启蒙的城！

---

① 巴维尔·普欣（1785—1865），驻基什尼奥夫部队的旅长，幸福同盟成员。普希金因普欣组织共济会分会而写此诗。共济会，秘密宗教组织，以建立把全人类联合在宗教兄弟同盟之中的乌托邦为宗旨。
② 基洛加（1781—1841），西班牙将军，1820 年参加过卡迪斯起义。

* * *

我即将沉默。但在悲哀的日子，
如果琴弦能报我以舒缓的乐曲，
如果年轻人默默地听着我弹唱，
能为我爱情上的长久痛苦而惊奇；
如果你由于深深地受到感动，
在静谧中反复吟诵悲伤的诗句，
喜爱我发自内心的热烈言词；
如果你爱我，啊，亲爱的女友，
请允许我以钟情佳人的神圣名义，
激扬我这诗琴临别时的乐曲。
当我永远耽入死亡的梦境时，
请你在我的墓前感伤地说一句：
我爱过他，是我给予他最后的力量，
他才有了爱的勇气，才唱出感人的歌曲。

* * *

我的朋友，我已忘记往昔岁月的痕迹，
忘记在骚动中流逝的青春时期。
别问我已经不再存在的事情，
在悲伤和欢乐中得到了什么，
　　我爱过谁，曾为谁所抛弃。
让我享受欢乐吧，即使不能尽兴，
但是你，纯洁的少女，你是为幸福而生。
坚定地相信它，抓住转瞬即逝的一刻，
你的心生来是为了享受友谊和爱情，
　　为了享受令人销魂的亲吻；
你的心灵多么纯洁，从不知道忧伤，
你稚嫩的良心像晴天一样明朗。
你何苦倾听我那些乏味的故事？
　　它是那么炽烈而疯狂。
它会不由自主扰乱你平静的心智，
你会流泪，你的心会为之战栗，
你轻信的心灵将不再那么无忧无虑，

我的爱也许会使你感到恐惧。
你也许会永远……不，亲爱的少女，
我唯恐失去这最后一次的欢乐。
千万别叫我作那些危险的吐露：
今天我在爱，今天我很快活。

一座年轻人的墓[1]

……他已消失了踪影，
在恋爱、戏谑中长大的温文青年，
他的四周只有浓重的梦
和宁静安谧坟茔中的苦寒……

他喜欢我们少女们的游戏，
当春天来临，在树林的清荫里，
她们在闲暇中翩翩舞动；
但如今在欢快的轮舞中，
却听不见他伴唱的歌曲。

曾几何时，老人们都曾欣赏
他那活泼的欢乐游戏，
他们微笑着还半带忧伤，

① 一般认为这首诗是因普希金的皇村学校同学科萨科夫在意大利早逝而写的。当时流行写青年早逝的哀歌。

彼此之间都窃窃私语：
“我们也曾热爱过轮舞，
我们的智慧也曾闪过光；
可是等着瞧吧：不消几个寒暑，
你就和我们今天一个样；
像我们一样，尘世的过客，
人世间将会让你厌烦，
现在你就玩吧……”可老人们还活着，
他却在青春年华凋残，
朋友们已爱上另外一些人，
他不在，照样开怀畅饮，
妙龄少女们的闲谈议论
已很少很少提到他的姓名。
在钟情于他的可爱女性中，
也许有一个为他伤心落泪，
在惯常的思念之中唤醒
记忆中已经淡忘的欢愉……
但有什么用？
　　　　　　在清流之滨，
一座座坟茔像和睦的家庭，
在俯视的十字架下面，藏身
百年的古老树林之中。
在那里，一条大路的旁边，
一棵老椴树在簌簌作响，
我们可怜的年轻人在长眠，
早已忘却了内心的激荡。

霞光枉然在天边闪耀，
明月亦徒然在空中游移，
在无动于衷的坟茔周遭，
溪流淙淙响，树林在絮语；
清晨挎着篮子一个美人儿
枉然来溪边采摘浆果，
她忐忑不安地把脚伸进
一泓清洌冰凉的泉水；
可是无论什么都难以
从坟墓的清荫里将他唤醒。

拿破仑[①]

一个奇异的命运终结了，
殒灭了一个伟大的人物。
拿破仑充满忧烦的一生，
终于在悲哀的囚禁中结束。
一个刚强的常胜将军，
被宣判有罪的君王已消殒，
对这被全世界流放的人说来，
一个更替的时代已来临。

全世界将久久、久久地保留
对你的充满血腥的记忆，
你仍然享有淡淡的声名，
在广漠的波涛之中安息……
啊，多么辉煌壮丽的墓园！

---

① 这首诗是普希金听到拿破仑的死讯后写成的。其中的第 4 到第 6 节因涉及法国革命，把这场运动视为“人民风暴的动乱”，视为旧的封建制度的崩溃，人民群众从奴役下获得解放，而被书刊检查机关删去。

对你的遗骨安寝的地方，
人民的憎恨已不复存在，
代替它的却是不灭的光芒。

曾几何时，你那些雄鹰[1]
还在受凌辱的国土上翱翔？
曾几何时，一个个王国
在你强大兵力的袭击下沦亡，
你的战旗由于你的随心所欲
到处发出灾难的喧响，
你还把沉重的枷锁强加在
世界各民族人民的头上？

当世界从奴役中苏醒过来，
被希望的曙光照得通亮，
高卢人用他们狂怒的双手
推倒他们腐朽的偶像；
当一个皇帝的尸体横陈在
暴动广场上飞扬的尘埃中，
那伟大的不可避免的一天，
光辉的自由的一天终于诞生，

那时候，在人民风暴的动乱中，
你已预见到美妙的际遇，

---

① 指拿破仑的军旗（军旗上有一只鹰）。

你不顾人民崇高的愿望，
竟然无视全人类的意志。
你被疯狂的野心所鼓动，
只向往导致灭亡的得志，
为那失去魅力的美景所吸引，
你对专制又重新入迷。

人民刚刚获得新生，你就
压制了他们初发的怒潮，
刚刚诞生的自由突然间
遭到扼杀，又雾散云消；
你因满足了对权力的渴望，
在奴隶们中间欣喜狂欢，
你把他们的军队驱往战场，
用月桂装饰他们的锁链。

法兰西虽然声名远扬，
却忘记了自己崇高的期望，
只能往闪闪发光的耻辱
投去自己被制服的目光。
你把宝剑指向丰盛的筵席，
于是一切都轰然崩溃，
欧洲覆灭了，死亡的梦幻
正在它的头上翩翩翻飞。

这时候，一个巨人露出无耻的

庄严神气，踏上欧洲的胸膛。
蒂尔西特[①]（听到这屈辱的地名，
俄国人现在已不会发慌）！
正是蒂尔西特把最后一次的
光荣赐予这傲慢的英雄，
但无聊的和平、冷清的安定
又使这个幸运儿蠢蠢欲动。

狂妄的人！是谁给你出的主意？
是谁迷住了你惊人的智慧？
你高瞻远瞩，具有惊人的胆识，
为什么识不透俄国人的妙计？
那场气壮山河的大火，
你没有想到，却仍然妄想
我们会再次求和，像祈求恩赐，
但你识破俄国人已为时太晚……

俄罗斯，久经沙场的女皇，
想想古代权利的获得！
熄灭吧，奥斯特利茨[②]的太阳！
熊熊燃烧吧，伟大的莫斯科！
另一个时代已经到来，

① 1807 年，拿破仑击败俄军，在蒂尔西特和俄国、普鲁士签订和约。根据和约，俄国退出反法联盟，承认法国对已经取得的国外土地的占领。
② 1805 年，英俄等国组成第三次反法联盟和法军作战。同年 12 月，拿破仑在奥斯特利茨大败俄奥联军，迫使第三次反法联盟解体。

短暂的耻辱必须洗雪!
俄罗斯，请给莫斯科祝福!
决一死战，这就是条约!

他用失去知觉的双手
抓住自己铁铸的王冠，
他终于面临着死亡，死亡，
他的眼睛看到的是深渊。
欧洲的军队在纷纷溃逃!
染遍血迹的千里雪地
宣告了他们全军覆没，
敌军的痕迹也随着融雪消失。

到处都像风暴一样喧腾，
欧洲挣脱了他的奴役，
各族人民的诅咒像雷霆
追逐着这个暴君的踪迹。
这巨人看见人民的涅墨西斯
高高地举起她的巨掌：
暴君啊！你对各国的欺凌
都要一一回报，一一清偿!

他所掳掠的财物，还有
他的军事奇迹带来的灾难，
现在都由他在异国天空下的
流放、他的精神苦恼来偿还。

他所囚禁的炎热小岛，
有时会有北方船帆来造访，
而旅人也会把和解的话
写在他那块憩息的石头上。

流放者注视着海上的波涛，
在那里想起了厮杀的刀枪，
北国可怕的冰天雪地，
还有自己法兰西的穹苍；
在那里，在这个荒岛上，他有时
会忘记战争、后世和皇位，
孑然一身，思念着爱子，
是那么痛苦，那么伤悲。

谁要是心胸狭窄，今天
还要以无理的指摘惊扰
这个被推翻帝王的幽灵，
他将受到羞辱，自找苦恼！
赞扬吧，他为俄罗斯人民
揭示了崇高伟大的使命，
在痛苦的流放中给世界留下
永恒的自由，结束这一生。

* * *[①]

忠实的希腊女人！不要哭——他倒下成了英雄，
　　敌人的子弹射进了他的胸中。
不要哭——难道不是你在第一次战斗之前，
　　亲自为他指定这光荣的征程？
　那时候，你的丈夫预感到痛苦的别离，
　　曾经向你伸出庄严的手，
　　含着眼泪给襁褓中的孩子祝福，
　　但那黑色的战旗正呼唤着自由。
像阿里斯托基顿[②]那样，他用香桃木[③]的绿叶
裹着剑，投入了战斗——结果他倒下了，
　　完成了伟大而神圣的事业。

---

① 这首诗是在19世纪20年代希腊人民反对土耳其统治、争取民族独立的战争影响下写成的。
② 阿里斯托基顿是公元前6世纪雅典英雄，曾刺杀当时的暴君。
③ 一种常青植物，象征爱情、欢乐、饮宴和悠闲。

致奥维德[1]

奥维德，我就住在这寂静的海岸附近，
在这里，你曾经把被流放祖先的神灵
供奉，也就在这里，你留下了自己的遗骨。
你悲切的哭泣使这地方举世瞩目，
你那诗琴的温柔声响并没有静息；
这个地方至今仍然传诵着你的事迹。
你给我留下鲜明的印象，我仿佛看见
被幽禁在遥远异乡的诗人、阴沉的荒原、
浓雾迷漫的穹苍、频频袭来的雨雪，
和那片被短暂热天晒暖的萋萋原野。
我常常被你那悲凉的琴声陶然迷醉，
奥维德，我的心灵不禁已和你紧紧相随：
我仿佛看见你的大船在巨浪中颠簸摇荡，
那铁锚终于被抛上荒无人烟的岸上，
岸上残酷的奖赏正等着爱情的歌手。

---

① 在这首诗中普希金把自己的命运同被流放的奥维德进行了对比。

那里寸草不生，葡萄也不种在这山丘；
为进行残酷的战争，在冰天雪地里出生，
这都是些在寒冷中生活的西徐亚人残暴的子孙，
他们隐藏在伊斯特那边伺机掳掠，
随时都会袭击乡村，将财富抢劫。
他们面前没有阻拦，能过海漂洋，
也能够大胆行走在坼裂的河海冰面上。
你啊（纳索[①]，会惊奇于命运的变幻无常！），
你从小就蔑视军伍生活中的纷乱动荡，
惯于在自己的头上戴上玫瑰花冠，
在安适之中送走无忧无虑的空闲，
而如今你却必须戴上沉重的头盔，
手执威慑的宝剑在惊恐的诗琴旁守卫。
无论是女儿、妻子、众多忠实的故旧，
无论是缪斯——往日轻狂浪漫的女友，
都不能抚平你这个被放逐诗人的悲哀。
尽管你的诗歌博得众多美人儿的喜爱，
尽管年轻人都能够将它们一一背诵，
可无论声名、年岁、怨诉，还是愁容，
以及那小心翼翼的歌都不能感动屋大维，
你的晚年只能在默默无闻之中凋萎。
金色意大利享尽荣华富贵的公民，
在野蛮民众的国度里孤独而默默无闻，
在你的周围听不到来自祖国的声音，

① 奥维德的名字。

你在沉痛之中给远方的朋友写信：
“啊，还给我那祖先世代居住的圣城，
还给我世代相传的花园里静谧的浓荫！
啊，朋友们，请把我的恳求带给屋大维！
请用眼泪让这位严厉的人回心转意！
但如果愤怒的天神至今仍不为所动，
我一生就不能再看见你啊，伟大的罗马城，
我最后的恳求就是减轻我可怕的命运，
请让我的坟茔和美丽的意大利更加贴近！”
谁的心如此冷酷，连美女都加以蔑视，
对你的忧伤，对你的眼泪都加以责备？
读着你这些哀诗，你这些最后的作品，
在这里你向后世发出枉然的呻吟，
是谁如此狂暴，竟然无动于衷？

我这冷峻的斯拉夫人，并未流泪哀恸，
但我理解它们，一个任性的放逐客，
既不满这世界，不满自己，也不满于生活，
我怀着郁悒不欢的心情如今来造访
这个你曾经度过悲惨一生的地方。
在这里，你重新唤起我想象中的缤纷理想，
奥维德，我反复背诵你留下的那些诗章，
你检验着你所描写的那些凄凉的景色，
但眼前的一切和虚假的幻想却南辕北辙。
你的流放迷惑了我的双眼，暗地里我浮想联翩，
我只惯于看到北方阴沉的下雪天。

但这里的天空久久闪耀的是一片蔚蓝，
这里冬天肆虐的风暴也很是短暂。
新的移民已来到这片西徐亚人的海岸，
葡萄闪着紫色的光，这是南方的特产。
阴沉晦暗的十二月早就把松软的白雪
一层层铺上俄罗斯芳草萋萋的田野；
那边是冬季，可这里已是温暖的春天，
在我的头上运行的太阳是那么灿烂；
刚刚枯萎的草原又处处发出新绿，
早春的犁耙已在翻耕待播的田地；
微风轻轻吹拂着，傍晚还有些寒意；
冰层有点儿透明，湖上暮色迷离，
闪闪发亮的水晶覆盖着冻结的流水。
这时候我想起了你那小心翼翼的尝试，
有一天，你突然充满了幻想，灵机一动，
平生第一次犹豫不决试着举踵
迈向那被寒冬封锁的万顷波涛的海面：
我仿佛看到你朦胧的身影在我的面前
滑过新结的冰层，从远方传来的叫喊
犹如人们生离死别时的痛苦呼唤。

　请放心吧：奥维德的桂冠并没有凋蔽腐朽，
唉！可我这被人群遗忘殆尽的歌手
在世世代代的后人之中将湮没无闻，
人所不知的牺牲，我这小小的天分，
将同悲惨的一生、片刻的虚名一起葬送！……

但是如果我的后世一旦知道我的诗名，
来到这遥远的疆域，在著名诗人的遗骨旁
将我这远离人世的孤魂遗迹寻访——
我的亡灵将会走出这片寒冷的浓荫，
离开这被遗忘的海岸，满怀感激之情，
向他飞去，他的忆念会让我感到温暖。
但愿我们遗留的事迹能永远流传：
我和你一样，都屈从于敌意操纵的命运，
除了声名不同，我的遭遇和你相近。
在我浪迹天涯的日子里，崇高的希腊朋友，
正在多瑙河畔号召人们争取自由，
在这里，我这北国的琴声响彻了荒原，
可是在这世界上竟没有一个友伴
倾听我的琴声，只有陌生的山冈、田野、
打盹的树林、温存的缪斯同表关切。

征 兆

你要努力学会观察各种征兆。
牧人和农夫在他们很小的时候，
只消望望天空，望望西方的阴影，
就能预言将要刮风还是天晴，
将有五月的雨露滋润刚出苗的田垄，
还是早来的寒潮将使葡萄受冻。
同样，如果天鹅在湖面上喧闹，
黄昏时扑腾不休，对着你鸣叫，
或者明亮的太阳躲进阴暗的云层里，
就说明，明天将有一场暴风雨
或抽打门窗的冰雹惊醒梦中的少女，
早起的农夫本想去谷地收割粮食，
听到风雨声，就不出门去干活，
他可以睡个懒觉，便又钻进被窝。

讽刺短诗[①]

他是个低能的诽谤者，
用嗅觉去寻求棍棒，
维持每天的生活，
则靠每月的撒谎。

① 此诗讽刺《欧罗巴导报》的主编卡切诺夫斯基。

致多情女子

您能不能真诚地相信我，
就像天真无邪的阿涅丝[①]？
在哪一本小说里您能看到
一个公子哥儿为爱情而死？
听我说：您已有三十年纪，
是的，三十岁，还要多些。
我年过二十，见过世面，
在那里虚掷了好多岁月。
信誓旦旦和眼泪令我发笑，
恶作剧已使人感到厌倦，
对于情场中的背信弃义，
您大概也已感到腻烦。
作为情场老手，早已心灰意冷，
我们已不适宜从头学起。
我们都知道：永恒的爱情

① 莫里哀喜剧《太太学堂》中的女主人公。此处指这一类姑娘。

未必能维持三个星期。
起初我们不过是朋友，
但无聊，巧遇，丈夫醋性大发……
于是乎我装得如醉如狂，
您也是那么羞人答答，
我们便山盟海誓……后来……
唉！我们都忘记了誓言，
您渐渐倾心于那个克列昂[①]，
我也对娜塔莎情意绵绵。
我们分手了；到现在为止，
一切都平静而符合礼仪，
我们本可以避免争吵，
仍然友好相处，相安无事，
然而，不是这样！今天早晨
您忽发奇想，演起了悲剧，
重提那老掉牙的陈年旧事，
您竟兴致勃勃地重提
尸骨成灰的骑士的爱情、
惆怅、忌妒和礼貌的热忱。
饶了我吧，别来这一套，真的，
我不是孩子，虽然是诗人。
我们已逐渐走向暮年，
让我们把青春热情收起，
您把它留给年长的女儿，

① 克列昂是文学作品中常见的男主人公名字。

我把它留给最小的弟弟：
他们可以和人生游戏，
为自己的将来准备眼泪，
他们还可以谈情说爱，
我们的事是对人谈论是非。

讽刺短诗

让名誉随意听天由命，

达维多娃[1]，复仇女神的活祭，

小小年纪就迷恋异性，

突然遭殃，墨丘利[2]将她惩治；

她是到了该忏悔的时候，

她躺着，眼睛微微肿起，

突然失明，这太太怎么办？“感谢上帝！

一切都会好转：瞧……”

---

① 阿格拉娅·达维多娃（1787—1847），十二月党人瓦·达维多夫的弟媳，法国人。普希金曾在卡敏卡见过她。

② 希腊神话中的亡灵接引神。

致友人[1]

别装模作样啦，亲爱的朋友，
我的虎背熊腰的情敌：
诗琴的乐音你不用难受，
哀歌的怨诉你也别在意。
伸过手来吧，你不爱忌妒，
我喜欢偷懒，而且很轻浮，
你的美人儿也不是傻瓜；
我全看见了，并不生气：
她是美妙绝伦的萝拉，
而当彼特拉克，我可不合适。[2]

---

① 此诗是写给尼·斯·阿列克谢耶夫（1788—1854）的，他是普希金在基什尼奥夫时的朋友，当时正在追求玛·艾赫费尔特（1798—1855），他疑心普希金也在追求她。

② 萝拉是意大利诗人彼特拉克（1304—1374）爱情诗中钟情的少女。

基督复活了

基督复活了，我的列维卡，
今天我要忠实地凭依
神与人共同制定的礼法，
我的安琪儿，我要亲吻你。[①]
而明天，我遵从摩西[②]的信仰，
为了亲吻你，犹太姑娘，
我毫不胆怯，要付诸行动，
我甚至还可以让你看懂
虔诚的犹太人在哪些地方
和东正教徒有什么不同。

---

① 按基督教习俗，在复活节，教徒之间可以口说“基督复活了”并互相亲吻。
② 《圣经》中古代犹太人的首领、先知，奉神命率领在埃及为奴的犹太人出埃及迁回迦南。他在西乃山颁布犹太教教义。

狱吏与诗人

“您去哪儿？想必是出城，
去感受清晨的仄费洛斯[①]，
和您亲密的缪斯在一起，
清静而舒畅地独享幽梦？”
“不，我打算去逛逛集市，
我喜欢集市上的热闹熙攘，
犹太人的小圆帽，保加利亚人的胡子，
争吵、呼叫、交易的火炽，
拥挤的色彩斑斓的盛装。
我喜欢人群、破衣裳、喧闹——
贪婪的市民放肆的谩骂。”
“这么说，您想亲自去瞧瞧，
把人们的灵魂细细观察。
很想陪您一起去看看，
听听您到底有什么高见；

① 希腊神话中的西风神。

但职务正在把我呼唤，
无暇同您去游逛，再见。”
“您要哪里去？”
“关犯人的城堡——今天我们
要从监狱里押解出去，
送过摩尔达维亚边境，
……那是基尔查里①。”

① 普希金小说《基尔查里》中的人物，打家劫舍的好汉，曾参加希腊民族解放运动领袖易普息兰梯的部队。

致阿列克谢耶夫

我亲爱的朋友，多么不公正啊，
你那充满妒意的想象：
我已忘却了诱人的爱情，
对危险的美色也不再神往；
我和“自由”是真挚的好友，
在成群的妙龄美女当中，
我无动于衷，懒得应酬，
无意把她们奉若神明。
她们慵懒的目光、诱人的耳语
已经不能打动我的心。
心儿已忘却柔情的战栗、
激情少年如火的热忱。
如今我已难重涉爱河，
唉声叹气既羞人又可笑，
怀着希望将铸成大错，
欺骗有妇之夫罪责难逃。
生命的欢乐节日已消逝，

正如我那位浪荡公子，
正如巴拉丁斯基[①]，我要问：
“还能找到柔情的女友？
还能找到可靠的爱情？”
寻找的结果是一无所有。
丢开幸福的荒谬幻影，
不再空怀醉人的情欲，
对那些涉世不深的友朋，
我要做一个谨慎的知己。
当一个坠入爱河的情人，
痴心得发狂，对着我哭诉，
说为了那个高傲的美人，
他发誓情愿把生命付出；
当他欲火猛燃于胸怀，
按捺不住心头的兴奋，
对我诉说他朦胧的期待——
一个缥缈却甜蜜的幻梦，
并且把朋友的手紧紧抓住，
咒骂那满怀妒意的丈夫，
或者那令人厌烦的母亲，
我乐意满怀同情倾听
他那失去理智的说明
和那絮絮叨叨的议论；

① 叶·巴拉丁斯基（1800—1844），俄国诗人。下面的两行诗引自巴拉丁斯基1821年给康申的书简诗《该走了，亲爱的朋友》。

我恭维他那盲目的希望，
因别人的年轻而感到年轻，
并且说：我从前也是这样，
想当年，我也做过类似的梦。

讽刺短诗

快治疗吧，否则你会成为邦葛罗斯[1]，
你是那害人的“美”的牺牲品，
不错，不错，等到你没有了鼻子，
老兄，那时你就是个因鼻子而出名的人。

① 伏尔泰小说《老实人》中的主人公，因病失去了鼻子。

第十诫[1]

不能贪图别人的财物，
上帝啊，这是你对我的诫命；
但是你知道我有多少力量——
我怎能控制自己的柔情？
我不愿欺侮自己的朋友，
我并不觊觎他住的乡村，
我不需要他家的耕牛，
对他的一切我从不动心：
无论是房屋、牲口、农奴，
什么财富我都不羡慕。
但如果他的女奴生得标致，
主啊！我便会按捺不住！
如果他的妻子俏丽可爱，
简直是天上安琪儿的化身，
啊，公正的上帝，请宽恕，

① 本诗戏仿摩西的戒律。参见《圣经 · 旧约 · 申命记》。

我忌妒朋友享有的福分。
谁能够强制自己的心愿?
谁愿意做无益努力的奴仆?
谁能够不爱可爱的人儿?
谁不愿享受天堂的幸福?
我望着她，暗自苦恼、叹气，
但我会严格遵守本分，
决不放纵心头的欲念，
我默默无言，只怀着痛苦的心。

* * *

格公爵——和我素未谋面。
我没见过如此拙劣的搭配；
他由卑鄙和傲慢配对，
但是卑鄙要多于傲慢。
战斗中的胆小鬼，酒馆里的流氓，
前厅里的下流坯，客厅里的傻蛋。

*　*　*

我内心联翩思绪的知己，
啊，你愉快而随意的歌声，
时而抚慰我骚动的激情，
时而愉悦我悲伤的忧思，
啊，忠实的沉思的诗琴
…………

* * *

我不喜欢你的《高丽娜》[①]，
那礼仪的场面枯燥干巴。
其中只有眼泪加悲凄，
和斯塔尔夫人的自言自语。
我更喜欢朝气蓬勃的青春，
理智和心灵的体验，
愉快的恭维，既甜蜜又热情，
写辛辣讽刺短诗的勇敢，
笑话和故事的赏心悦目，
丰富的想象，有智慧，有品味，
为此，我的别佐布拉佐夫[②]，
向你…………[③]

---

① 《高丽娜》是法国女作家斯塔尔夫人的小说。
② 人名，含有丑陋的意思，指谁，不详。
③ 此诗未写完。

*　*　*

在日祷功课上打过哈欠，
我来到卡塔卡济[①]公馆。
真是希腊式的荒唐观念，
全是希腊式的嘈杂混乱！
盘起腿来……
在安详的享受中吃着果酱，
犹如一尊尊埃及的天神，
太太们冒着汗，一声不响。

“我向全欧洲坦白承认，”
叫喊的是一个瘸腿女人，
“马弗罗盖尼[②]……
折磨着我的灵魂，我的心。
丈夫啊，你把腰包装满，

① 卡塔卡济，基什尼奥夫总督。
② 马弗罗盖尼，当地一个地主。

为家里攒钱，其实是枉然。
你再撅屁股也是白干，
马弗罗盖尼更让我爱怜。”

你好啊，圆滚滚的毗邻女人！
你喜欢吵架，又很小气，
你爱打情骂俏，却不高明，
你已经谢顶，又愚不可及。
跟你说话，我没有兴趣，
我要和一切诀别！愿上帝保佑你；
你倒是乐意和我玩牌戏，
从早晨玩到昏天黑地。

这是犹太女人和塔达拉什卡①。
这个下流坯正欲火中烧，
爪子伸到了她的衣衫下，
嘴巴直往她脸上紧靠。
我直给吓得浑身打颤，
啊，犹太女人，你别犯傻，
和野兽交欢生命攸关，
要是你还相信摩西的话。

今天你将要受到严惩，

① 塔达拉什卡，基什尼奥夫副总督的弟弟。

阿摩尔[1]的箭已经射中了你，
啊，多情的拉皮条女人，
啊，摩尔达维亚傻女人的骄子。
你瞧，你面前所有的丽姝
都和小伙子配对成双，
可你孤零零，我的小寡妇，
只能在食指上戴个指环。

你很聪明，又能说会道，
基什尼奥夫城的让丽丝。
你白净、丰满，又善于说笑，
你这位暴眼的塔尔西斯[2]。
我不想尖刻地把你评判，
可我的心灵不想亲近你，
听着，看在上帝的分上，
你纵然愚钝，可长得美丽。

① 爱神。
② 总督的妹妹，是个老姑娘，有教养，但不漂亮。

* * *

塔达拉什卡爱上了您，
　他喜欢您的一双美足，
据说，他花钱购进
　一辆马车，很舒服。
我们真是很难想象，
　他怎么这样不谨慎！
是啊！乘上马车去游荡，
　再远的路也不费劲。

* * *[1]

从前有一个贫穷的穆斯林，
和老婆孩子住在尤尔祖夫；
他虔诚地信奉神圣的《古兰经》，
　　为自己的命运感到幸福；
穆罕默德（他的名字）辛勤劳动每一天，
　　把蜂群和牲口一一照料，
　　还要栽种自家的葡萄，
　　从不知道什么叫偷懒；
他爱自己的妻子，法蒂玛肚明心知，
她每年都要为他生一个孩子——
在我们看来，朋友们，这种事很可笑，
　可是鞑靼人总要搞这一套。
　　有一天法蒂玛（就在那时候，
　　她怀孕已有三个月之久，

① 这是法国诗人塞内塞（1643—1737）的童话《奶酪》的意译，未完。普希金把故事发生地点从布鲁沙改为尤尔祖夫，人物改为鞑靼人。译诗十分自由，距原著甚远。

每个人心里都明白，在这样的时刻，
即使是最最明白事理的老婆
也会产生各种各样的怪念头，
　　要这要那，天晓得是些什么要求！）——
法蒂玛跟她的好丈夫撒娇，她说道：
“亲爱的，我好想好想吃一点奶酪。
　　我简直想得神魂颠倒，
　　肚子里面像火一样烧；
我整夜睡不着，你瞧瞧，我的心肝，
今天，我的模样儿一定变得很难看；
　　不管做什么我都提心吊胆，
　　就连梳梳头，我都不敢，
我生怕生下个鼻子上有白癜的小宝宝，
　　那份罪我可怎么也受不了。
亲爱的，好人儿，美男子，我的好朋友，
快去弄点儿奶酪，哪怕是一小口。”
穆罕默德深受感动，准备出门，
　　把一只铁盘子揣在腰间；
为孩子们一一祝福，把妻子吻吻，
转眼之间就向附近的谷地狂奔，
　　好让怀孕的妻子喜欢。
他不是走，而是飞，因此在回家的路上，
在山间跋涉，他几乎迈不开步，
他已经筋疲力尽，气力全无，
　　于是想找个歇脚的地方。
　　也是他的造化，在谷地边上，

他看见一条小溪，
他勉强走到岸边，在树荫下休息。
潺潺的溪水，高高的树冠，
凉爽舒服的溪岸，芳香的草丛，
还有树荫，微拂的轻风，
一切都那么舒坦，都在说：
“去爱吧，或者去睡觉！”——去爱！这种事
穆罕默德从来没想过，
即使他能够。但睡觉！这事很快乐，
不但理智，而且更现实。
因此，穆罕默德帝王般在谷地入睡；
假定说，让帝王们睡在羽毛褥子上，
他的帐幔下，该很甜美，
可是这到底很难想象。

致维亚泽姆斯基

尖刻的诗人，别出心裁的俏皮鬼，
闪耀着讽刺挖苦和戏谑的光辉，
幸运的维亚泽姆斯基，我羡慕你。
你得益于命运，得到了这种权利，
你快乐地嘲笑忌妒者心中的恼恨，
以嬉笑怒骂鞭挞无知的愚人。

* * *

艾列菲丽亚[1]，在你面前
别的佳丽都黯然失色，
我永远属于你，心为你而猛燃，
艾列菲丽亚，我永远是你的！

人间的喧嚣使她畏惧，
宫廷的豪华令她愤恨，
我爱她火热而正直的心地。
心灵能领悟她的声音。
在南方，在平静的黑暗之中，
艾列菲丽亚，你和我在一起，
俄罗斯那儿天寒地冻，
有害于…………你的美丽。

---

① 希腊人女性名字，意为“自由”。

* * *[①]

请接受我这新版的篇章，
你们，少男们，你们，少女们。
读读这戏谑缪斯的妄想，
你们岂不感到更有劲，
胜过品达罗斯[②]的颂词，
那一页页辞章华丽的诗文，
或令人昏昏欲睡的杂志，
它从来不知道什么是使命，
只热衷于变得艰涩与野蛮，
准时每两周出版一本，
想变得恶毒，却显得愚顽。

① 这一篇和以下两篇是为《加百列之歌》写的献词的草稿。
② 品达罗斯，古希腊诗人。

* * *

啊，你们这些喜爱
帕耳那索斯奇葩的人，
曾经拿任意驰骋的幻梦，
来满足自己好奇的心怀，
请拯救我这随意的劳作，
将它置于你们的保护之下，
让它躲避无知之手的扼杀，
避开忌妒的仇视眼色。
我把画面、构思和故事
通通为你们重新打乱，
把可笑的和正经的重新裁剪，
到地狱的档案馆里去寻觅
肆意戏弄的疯狂爱恋……

* * *

这就是缪斯，那活泼的饶舌鬼，
你[1]曾经对她钟情有加，
如今这调皮姑娘已改悔，
宫廷的音调深深迷住了她；
至尊的上帝以天庭的恩泽
让她享受无上的荫庇，
她情愿牺牲危险的游戏
去完成神圣的宗教功课，
我亲爱的朋友，你不用惊奇——
她这身以色列人的衣装，
原谅她从前犯下的过失，
请接受这些危险的诗章，
它烙着我那私密的印记。

① 可能是指阿列克谢耶夫。

* * *

假如一个多情的美人
曾被您的心深深地感动，
假如别人的苦是您造成，
而您能感到负疚的沉痛，
假如想到那隐秘的苦难
是为您而牺牲，您感到郁悒，
我就不会在这些稿纸上
留下我对往事的回忆。

致杰尼斯·达维多夫[①]

骠骑兵歌手，你歌唱过军营、
无拘无束的豪放饮宴、
惊心动魄的格斗豪兴，
还有嘴上拳曲的虬髯。
在和平的日子，从快乐的琴弦上，
你吹落征战岁月的烟尘，
你调好诗琴的琴弦，颂扬
爱情和标志和平的酒瓶。

*

我听着你的歌，心变得年轻，
你言谈的热情，我感到甜蜜，
郁郁的我，心中又重新
燃起对往日岁月的回忆。

*

① 杰·瓦·达维多夫（1784—1839），俄国诗人，近卫军骠骑兵将领。

我仍然喜爱热情的语言，
那迷人的声音使我欣喜，
犹如听到朋友的言谈，
在那悲惨分手的日子。

* * *[①]

阿格拉娅没有反抗就对情人
委身，可是他呀，又苍白又没劲，
他全力以赴，终于力气耗尽，
他气喘吁吁，只好敬谢不敏。
阿格拉娅对他说，声调充满傲气：
“告诉我，可敬的先生，为什么我的面容
不能使你动情？是什么原因请解释。
是厌恶吗？”“我的上帝，不是这么回事。”
“是过分的爱？”“不，是过分的尊重。”

① 此诗原文为法语。阿格拉娅可能是阿格拉娅·达维多娃。

* * *[①]

我有一个不错的情人，
我服侍她，像她服侍我一样，
可我不为她而头脑发昏，
我从来没有这么高的期望。

① 此诗原文为法语。

* * *

深情的朋友，我最后一次
来到你独自幽居的深闺。
让我们同享宁静的欢愉
和爱情，这是最后一回。
往后在漆黑的夜里，请别
怀着郁郁的希望等待我，
在最初的晨曦照临之前
　　也不要点燃烛火。

断　章

*　*　*

人群中挤满了贪财的犹太人，
高加索的主宰——披斗篷的哈萨克，
饶舌的希腊人，沉默的土耳其人，
傲慢的波斯人，狡猾的亚美尼亚客。

*　*　*[①]

将军没有发现
…………
可是耽误了吃饭，
惹得卓娅长叹。

① 此诗写于基什尼奥夫。

* * *

在达顿时代，

有一座修道院，其中的修道士

既不守清规，又不守法度。

* * *

在真切的沉醉中，在无所牵挂的欢乐里，

啊，我的青春岁月，你飞快地流逝。

流逝得慢些吧，在我的记忆里。

* * *

我的手有个特征，

你该满意了，我多情的朋友——

* * *

扁角鹿在云端奔驰

* * *①

我看见戈斯托梅斯洛夫威严的陵墓……

---

① 普希金曾想用民歌的韵律创作一首长诗《瓦季姆》，但未实现，这是保留下来的几个诗句。

———

灵巧的梅花鹿在树林里奔跑……

———

有希望！相信吧，瓦季姆，人民已忍无可忍

———

在凄风毒雾中他飘得越来越远……

* * *[①]

远离那深不见底的地狱，
那里有着永恒和残酷的磨难

———

那里泪水的河流在黑暗中奔涌，
希望、和平、爱情和美梦
都被迫从那里永远消遁，
那里地狱的海洋在翻腾，
那里听着罪人的呻吟
可怕的撒旦发出哈哈的笑声……

译自拜伦[②]

没有风——蓝色的波浪

① 普希金想创作一首长诗，情节发生在地狱里，计划未实现。
② 这是拜伦东方故事诗《异教徒》开头的几行译文。

向雅典的废墟……翻滚；

…………

看得见一座高高的坟茔。

* * *

您首先把小牛犊牵去换……小牝牛。

一八二二

致巴拉丁斯基[①]

（寄自比萨拉比亚）

这个荒凉冷清的国家
对诗人的心灵却很神圣：
杰尔查文曾歌颂过它，
那里处处有俄国的光荣。
纳索的幽灵至今还在
寻找多瑙河两边的河岸；
响应甜蜜亲切的召唤，
它飞向阿波罗和缪斯的至爱，
在溶溶的月光底下我常常
和它在陡峭的河岸上蹀躞，
可是，朋友，拥抱你身上
活着的奥维德却更加亲切。

① 当时巴拉丁斯基在芬兰服兵役，实际上是遭流放。

再致巴拉丁斯基

我等待着你许诺过的作品，
亲爱的游吟诗人！你为何拖延？
看在福玻斯分上，寄给我吧，
爱神阿摩尔会给你奖赏。

致友人[①]

昨天是热闹的告别日子，
昨天酒神举行了欢宴，
席间充满碰杯声、诗琴的乐音、
狂热青年放肆的叫喊。

朋友们，承蒙你们错爱，
让我享用荣誉的金樽，
那就让缪斯为你们祝福，
愿桂冠高高地庇荫你们。

它那金碧辉煌的镀金
并没有使我们眼花缭乱，
它那刻意求工的雕镂

① 此诗为饯别凯克而作。凯克，军官，在离开基什尼奥夫前夕，朋友们为他饯行。参加饯行的还有波尔托拉茨基兄弟（参谋部的军官）、普希金在基什尼奥夫的朋友弗·彼·戈尔恰科夫。宴会上朋友们把表示尊敬的大杯给了普希金。

也没有使我们流连忘返；

但是有一点它与众不同，
它能解馋，让人饮得欢畅，
它那巨大的容量装得下
整整一大瓶玉液琼浆。

我喝着美酒，内心的思绪，
又飞回流逝已久的岁月，
飞速流失的生活的痛苦、
爱的梦又在我面前蹀躞。

美梦的变幻使我好笑：
痛苦已在我面前化解，
犹如在咝咝的酒液倾注下，
杯中的泡沫迅速破灭。

《英明的奥列格之歌》（木刻版画）M. B. 涅斯捷罗夫 绘 A. C. 亚诺夫 刻 1888 年

英明的奥列格之歌[①]

如今英明的奥列格已下定了决心，
　　要攻打猖獗的可萨人[②]，去报仇雪耻，
他决定用火与剑去狠狠惩罚他们，
　　夷平田地与村庄，以回击狂暴的侵袭；
大公率领着亲兵，披上皇城的铠甲，
骑上那忠实的战马，沿着田野进发。

这时候，一个充满灵感的术士
　　从幽暗的树林里向他迎面走来，
他是一个善知未来神意的先知，
　　这老头只把斯拉夫人的雷神膜拜，
他一生从事的只有祈祷和卜算，
于是奥列格走到这睿智的老人面前。

---

① 这首诗是根据卡拉姆辛《俄罗斯国家史》第 1 卷第 5 章的情节写成的。奥列格是 10 世纪基辅大公（882—912 年在位）。
② 当时住在罗斯东南部一带的民族。

“神祇的宠儿，占卜先生，请告诉我，
　　我未来的一生究竟是吉是凶？
是不是一抔黄土很快就将把我埋没，
　　而和我毗邻的敌人却要拍手欢庆？
你不须顾虑，请把真情对我说详细：
作为酬报你可随意挑选我的马匹。”

“星相家何惧有权有势的王公，
　　他们也不要大公赏赐的厚礼；
他们善知未来的舌头自由而公正，
　　它唯有一心听从上天的旨意。
未来的吉凶本来是扑朔迷离，
但从你的额头我却看出你的运气。

“现在就请你好好地记住我的话语：
　　光荣属于善战的将军，真是大快人心；
你的名字将到处传颂，伴随着胜利，
　　你的盾牌将高挂在皇城的大门①；
大海和陆地将在你的面前屈膝，
敌人将忌妒你那得天独厚的运气。

“无论是在致命的风暴逞凶的时候，
　　那蓝色大海中凶险波涛的汹涌，

① 公元907年奥列格统率大军兵临皇城（今伊斯坦布尔），同拜占庭签订胜利和约，他把盾牌挂在皇城大门上，纪念这次胜利进军。

无论是敌人的箭石，还是阴险的匕首，
　　都不会轻易夺去胜利者的寿命……
在坚硬的铠甲下你将会安然无恙，
无形的保护神将为威严的大公设防。

“你的战马不惧怕危险的征战，
　　它对主人的意图总是善于领会，
它会驯服地站在敌人的箭雨之前，
　　也会在血战的沙场上驰骋如飞。
无论是严寒或鏖战它都无所畏惧……
但你终将死于这匹心爱的坐骑。”

奥列格冷笑了一声——可是他的前额
　　和目光由于深深思虑而变得严峻。
他用手扶着马鞍，显得异常沉默，
　　接着从马背上跳下，神色有些郁闷；
这时他对马儿伸出告别的手，
亲切地抚摩、轻拍着忠实的朋友。

“别了，我的伙伴，我忠实的坐骑，
　　我们必须分手，各自走上自己的途程；
现在你休息吧！我的脚再不会
　　踏上你身上那金光闪闪的马镫。
别了，请放心吧，只是别把我忘记。
你们，卫队的朋友们，请把马儿带去，

"让它披上马衣，盖上蓬松的毛毯，
　　牵着它到我的牧场上去吃草，
常给它洗澡，给它啜饮清澈的水泉，
　　把上好的粮食拿给它作食料。"
于是几个卫兵立刻把马儿带走，
又给大公牵来了另一匹骅骝。

有一次英明的奥列格正和卫队欢宴，
　　席间觥筹交错，杯盏声是如此欢洽。
他们的头发都已雪白，犹如日出前
　　光荣的山冈上那片洁白的雪花……
他们回忆起当年的峥嵘岁月
和战斗，他们曾在那里一起厮杀流血……

"如今我的老伙伴在哪儿？"奥列格问道，
　　"请告诉我，我那匹烈马在哪里？
它可健在？可还能那么轻快地奔跑？
　　它是不是还那么暴躁，那么顽皮？"
于是他听到回答：在那陡峭的山冈上，
它早已进入了永不苏醒的梦乡。

这时威严的奥列格垂下了他的头，
　　心里暗自思忖："那预言有什么灵验？
那占卜的昏聩老头真是瞎编胡诌！
　　我本不该相信他所说的预言！
要不然，那马儿至今还能带着我奔突。"

《英明的奥列格之歌》A. A. 克兹洛夫 绘 1837 年

于是他想去看看那匹爱马的遗骨。

只见威严的奥列格骑着马登程，
　　伊戈尔[①]和一些老客人跟随在一旁，
他们真的看见第聂伯河畔有一座丘陵，
　　一块块高贵的马骨散落在山冈上；
任凭风吹雨打，尘埃洒落在那上面，
白骨上茅草随风起伏，像海上的波澜。

大公轻轻地向爱马的骸骨走去，
　　对它说："安息吧，我孤独的朋友！
你的老主人总算活过了你的年纪，
　　在追悼我的时候——这时刻已不要很久——
不是你在刀斧下丧生，血染茅草，
也不是你用热血把我的遗骨浸泡[②]！

"试问，什么地方潜伏着我的死亡？
　　难道这堆马骨能把我置于死命？"
话音未落，一条墓地的毒蛇咝咝发响，
　　从死马的头骨里窜出，迅速地爬行；
蓦地像一条黑丝带缠住大公的脚，
被咬的大公突然发出一声惨叫。

---

① 奥列格的继承人（912—945 年在位）。
② 当时习俗，战士死了，就杀掉他的坐骑陪葬。

酒勺在传递，美酒在冒泡，嗞嗞地响，
　　这里正举行奥列格悲哀的丧宴；
伊戈尔大公和奥丽加[①]呆坐在山上；
　　卫队正开怀畅饮在高高的河岸；
战士们回忆起当年的峥嵘岁月
和战斗，他们曾在那里一起厮杀流血。

① 伊戈尔大公的妻子。

塔夫里达[1]

还我消逝的青春年华！[2]

你，心灵无法理解的黑暗，
盲目绝望的避难地方，
是如此的渺小！虚妄的幻象，
我并不渴望你的遮挡；
未曾在世纪中尝到欢快，
我不再迷恋生活的美梦，
我仍然不相信你的存在，
你和世人的思想迥然不同！
崇高的思维怕把你想象，
像一个旅人在山峰上谛听
阿尔卑斯山涧永恒的喧响，
把视线投入无底的沧溟，

① 塔夫里达是克里米亚的古称。此诗系草稿，未写完。诗人在诗中回忆1820年造访尤尔祖夫时的心境。
② 原文为德文。引自歌德《浮士德》的《舞台序幕》。

他会不由得心惊胆战，
颤栗，晕眩，在他的面前
物体都在发黑和转动，
冷静的感觉变得昏蒙，
他在身边寻找着倚赖，
一切都在掠过、发黑、消失……
无情的昏厥噩梦正在
把他抛向山岭的边际……
当然，我的灵魂不死，
但是飞到另一个世界，
难道身穿下葬的寿衣，
我就会失去尘世的情结，
我就成了尘世的异己？
难道在那一切都闪耀着
不朽的光荣与美好的地方，
在那纯洁的火焰吞没
生活的全部缺陷的地方，
我的心灵就不再保全
转瞬即逝的生活的印象，
我就不会再感到遗憾，
我会遗忘对爱情的渴望？……

爱情！可是在坟墓之外
有什么比我活得更久长？
对恋人的思念永不离我心怀，
缺了她我的心还有何依傍？

诗人们，你们为何不相信？
从那悲惨的忘川岸边
秘密结伴的许多幽魂
正飞向阳世人间的彼岸。
他们郁郁寡欢地访问
曾有过温馨生活的旧地，
并且在梦中安慰朋友的心，
他们都曾为亡魂所抛弃……
亡灵们品尝着永生的滋味，
在极乐世界等候他们，
就像亲密的一家在节日里
恭候姗姗来迟的贵宾……

　　美妙瑰丽的诗歌之幻梦，
憧憬美好幸福的理想！
我爱你未曾领略的黄昏，
和你那些神秘的华章。

　　是的，假如能够远离
那个长明灯长燃的地方，
那幸福无疑永存的天地，
我的心便会向尤尔祖夫飞翔。
那幸福的地方，波光潋滟，
爱抚着花团锦簇的海岸，
大自然光彩夺目的璀璨
点染着无垠的草地和山川，

那里有葱郁的叠嶂层峦
…………

你又和我在一起了，欢乐；
心中那因悲观的忧思
而产生的同样的激动已平和！
感情复活了，头脑亦清晰。
我心中充满莫名的柔情，
不知为什么而愁肠百结；
生气蓬勃的广袤的田野，
塔夫里达的山峦，秀丽的胜境，
我重新到你这儿来造访，
贪婪地吸取你甜美的空气，
仿佛在倾听那亲切的歌唱，
它是那阔别已久的欢愉。
…………

我跟着她沿着一片山坡
在一条陌生的道路上走去，
我畏葸的目光注视着
她那迷人的秀足的足迹。
为什么我不敢用火热的双唇
亲吻她那可爱的脚印
…………
…………
不，在我躁动不安的青春，

那些疯狂作乐的时辰，
我从未如此激动地向往
亲吻妙龄喀耳刻[①]的芳唇
和那充满诱惑的胸膛。
…………

　剩下我孤零零孤零零一个人。
饮宴、情人和众多的友朋
已连同淡淡的梦想离我而去，
我的青春年华已黯然消隐，
连同它难以指望的天资。
就像蜡烛，在为欢乐的
少男与少女们彻夜燃烧之后，
在疯狂的饮宴将尽时刻，
黯然面对明亮的白昼。
…………

---

① 希腊神话中的巫术女神。

致弗·费·拉耶夫斯基①

我的歌手，我决不夸耀，
我会装出笑脸或假意痛哭，
用我的一篇篇诗歌来逗引
火焰般炽烈心灵的关注，

我决不夸耀，在某些时候，
我那些另有用意的歌声
曾经平息过少女心上
忐忑不安和羞涩的冲动，

我决不夸耀，我曾经把淫荡
和仇恨押上讽刺诗的耻辱柱，
我那诗琴的严厉声音
曾把恶行狠狠地惩处，

① 弗·费·拉耶夫斯基（1795—1872），是最早的十二月党人，他因在军队里进行政治宣传被捕，被监禁在季拉斯堡监狱。普希金这首诗是对拉耶夫斯基从狱中寄出的《致友人》一诗的答复。

我决不夸耀，由于我不屈的诗魂，
由于我动荡的青年时期
对自由的热爱和饱受迫害，
我在人们当中享有盛誉——

不幸的命运决定判给我
另外一种最高的奖赏——
在自爱之中自得其乐！
在空幻的梦中独自幻想！……
…………

致希腊女郎[①]

你来到人间就是为了
把诗人的想象熊熊点燃，
你使它慌乱，深受迷惑，
用你亲切而生动的问安、
东方特有的奇异语言、
光芒四射的晶莹星眼、
那双很不一般的美足；
你生来是为了慵懒的爱抚，
为了在情爱中飘飘欲仙。
告诉我，当那位莱拉的歌手[②]
怀着天堂般的美好梦想
描绘着那不变的理想形象，
那历尽苦难的可爱诗人
是不是在描绘你这女郎？

---

① 希腊女郎指卡里普索·波里赫罗尼，当时她从君士坦丁堡来到基什尼奥夫，据说她是拜伦的情人。
② 莱拉是拜伦长诗《异教徒》的女主人公。莱拉的歌手即拜伦。

也许，在那个遥远的国度
在神圣的希腊天空下面，
那充满灵感的受苦诗人
像在梦中看见或将你认出，
于是你的难忘的倩影
便珍藏于他的心灵深处。
也许那魔法师让你痴迷，
用他的温婉快乐的诗琴；
于是你那颗充满自尊的心
便不由得发出阵阵战栗，
于是你偎依在他的肩上……
不，不，我的朋友，我不愿
为忌妒的幻想增添火焰；
我对幸福早已感到陌生，
享受幸福我感到新奇，
我因而心中暗暗忧虑，
我担心，可爱的都不能相信。

致雅·托尔斯泰[1]函摘抄

你还在燃烧吗，我的明灯，
不眠之夜和酒宴里的朋友？
你还在翻腾吗，金光闪闪的酒杯？
快乐而俏皮的人们用你来饮酒。
你们还是依然如故，欢乐的朋友，
仍是阿佛洛狄忒和诗歌的知己？
爱恋的时刻和醉酒的时刻
是不是仍然应着自由、
懒散和悠闲的召唤飞去？
在孤寂的放逐中，我时时刻刻
猛烈燃烧着忌妒的想望，
我想象着你们，我看见了你们，
我借助回忆飞往你们的身旁。
瞧，它在那儿，那好客的住所，

① 雅·托尔斯泰，进步文艺团体绿灯社的创始人，十二月党人秘密组织幸福同盟的成员。普希金在流放中于 1822 年 9 月 26 日写了一封信给雅·托尔斯泰，这是其中的一段。

那爱情和自由缪斯来临的清苑。
在那里，我们曾彼此起誓，
订下天长地久的同盟，
我们领略了友情的欢快，
戴着尖顶帽围坐在桌旁，
个个感受平等的可爱，
在那里我们纵情欢乐，
不断调换话题和美酒，
喧腾着故事和淘气的歌声，
我们的争论热烈而自由，
常爆出玩笑和斗酒的火星。
忠实的诗人们，我又一次听到
你们那使人沉醉的语言……
给我斟一杯彗星佳醪吧，
卡尔梅克人，祝福我身体康健！

致弗·费·拉耶夫斯基[①]

你说得对，我的朋友——我枉然
　　蔑视慈悲的大自然赋予的才智。
我享受过悠闲，和快乐的缪斯共命运，
　　尽情地领略过慵懒睡梦的恬适，

我接近过美色，赴过隐秘的筵宴，
　　听见过狂热的欢乐中的叫喊，
我接受过温存的缪斯片刻的赠与，
　　我那响亮的诗名在到处流传。

我享受过友谊——为了它，我献出
　　年轻生命的轻浮华年，
我相信它，在那欢乐和自由的时刻，
　　当我们在欢宴中把酒杯频传。

① 这首诗是对拉耶夫斯基《狱中的歌手》一诗的回答，未完成。

我享受过爱情，不是用郁郁的思念，
　　也不是在无望的迷途中寻觅，
我享受过爱情，用我美妙的梦想，
　　在其中陶醉，感到如狂的欣喜。

在青年伙伴的谈论和笑闹之后，
　　我也有过劳作和灵感，
我因热烈的思考而独自心潮澎湃，
　　这时心头油然产生了甜蜜之感。

但这一切都过去了！我心灰意懒，
　　这世界，这生活，这友谊，这爱情，
我如今已经把它们看透，
　　我憎恨这体验，它叫人心疼。

快乐的秉性已找不到痕迹，
　　心灵越来越变得麻木不仁，
它已失去了感觉。就像柔软的橡叶
　　在高加索的泉水中变得僵硬。

剥去这迷人偶像的外衣，
　　我看到了一个丑恶的幽灵。
但为什么这冷酷的世界如今
　　还惊扰着我这麻木和冷漠的心？

难道从前它曾经使我

感到如此庄严和瑰丽?
难道在这罪恶的渊薮之中,
我竟为有开朗的心而沾沾自喜?

这无知的青年在那里看见了什么,
他在寻求什么,为什么而奋斗,
有谁,有谁值得他这颗崇高的心
崇拜而又不感到害羞!

我曾经对那些冷漠的人群
不倦地宣讲过自由的真谛,
然而对于渺小而麻木的人群,
高尚的知心话却显得可笑至极。

———

到处是重轭、斧钺或者王权,
到处是恶棍或者胆小鬼,
暴君…………马屁精,
或者是偏见的顺从奴隶。

致书刊检查官函[1]

缪斯的严厉监守，早就迫害我的人，
今天我想要和你理论理论。
你不用害怕：我并没有想入非非，
我不想对检查官横加粗暴的责备；
伦敦所需要的，对莫斯科为时尚早，
我知道，我们的作家都是那么好；
他们不会改变思想，虽受检查官迫害，
在你面前，他们纯洁的心也无可指摘。

首先，我要敞开胸怀，和你坦诚相见，
我常常为你的命运感到可怜：
你得为人们的胡言乱语作出解说，
你是赫沃斯托夫、布宁娜[2]的唯一读者，

① 此诗在普希金生前未发表，但广为传抄。这封信是写给书刊检查官A. C. 比鲁科夫的。

② 赫沃斯托夫，平庸而多产的俄国诗人。布宁娜，俄罗斯语文爱好者座谈会的平庸女诗人，常成为耻笑对象。

为了避免诲淫诲盗，你得负责
检查那些无聊的散文、无聊的诗歌。
鬼使神差，俄罗斯作家都不安分：
有人把法文小说译成了英文，
有人汗流浃背，喘着粗气写颂诗，
有人开玩笑，要给我们写一出悲剧——
这都不关我的事，可你得阅读、生气、
打呵欠、瞌睡一百次，然后签字。

因此，检查官真是受罪不浅，有时，
他也想读点东西，接受点新知识；
卢梭、伏尔泰、布丰[1]、杰尔查文、卡拉姆辛
在吸引他去阅读，可他得白费精神
去看某个骗子手最新的梦呓
（闲得无聊使他去歌唱树林和田地），
有时忘记了上下文，还得从头读起，
或者从内容贫乏的杂志中勾去
一些粗鄙的玩笑和骂人的语言——
谦恭的诙谐家别出心裁的贡献。

但检查官应该是个公民，这职务神圣：
他的思维应该正直而且文明；
他惯于真诚敬重神坛和皇位，
但他不压制言论，能容纳智慧。

---

① 布丰（1707—1788），法国博物学家，著有《自然史》36 卷。

他维护社会的安宁、礼仪和习俗，
并不违反业已制定的法度，
他能够遵守法制、热爱祖国，
他善于担负起自己应尽的职责；
他不阻碍人们去追求有益的真理，
也不干预生动的诗歌自由嬉戏。
他是作家之友，对显贵不是胆小鬼，
他坚定，通达公正，敢作敢为。

可你这蠢货和懦夫是怎样对付我们？
在应该思考的地方，你却眨巴着眼睛，
还没有看懂，你就涂改、撕破，
你随心所欲，把白的说成黑的，
把讽刺说成诽谤，把诗歌说成淫乱，
说库尼岑①是马拉，称真理之声为反叛。
决定了，就去你的吧，恳求也是枉然。
害臊不害臊，由于你的缘故，到今天
神圣的俄罗斯还看不到书籍？
一旦有人想要说明事物的道理，
为爱护俄罗斯的荣誉和健全的头脑，
皇帝命令出版，而不要你操劳。②
许多诗篇流传了下来：有长诗、

① 库尼岑（1783—1840），皇村学校进步教授，颇受普希金和十二月党人爱戴。

② 卡拉姆辛的《俄罗斯国家史》不经过检查官的审查，直接由皇帝批准出版。

八行诗、民歌、寓言、哀歌和谣曲
这是对闲暇和爱情的天真的幻梦，
这是想象构成的瞬息的花影。
野蛮人啊！我们主宰俄罗斯诗琴的歌手，
有谁不诅咒你这乱砍乱伐的斧头？
你是在缪斯中间巡行的讨厌宦官，
无论是趣味、智慧的火花、热烈的情感、
《华筵》的歌手[①]纯粹、高雅的文体，
什么也不能触动你冷酷的心扉。
你对一切都投以睥睨、猜忌的一瞥，
你把一切都视为毒草，怀疑一切。
你该放下这不值得称赞的劳动，
帕耳那索斯不是寺院或凄凉的后宫。
说实在，从来没有一个高明的医生
试图压制珀伽索斯[②]过多的热情。
你担心什么？相信我吧，谁想玩个把戏，
嘲笑法律、政府，或者是风习，
他绝不会让你随意加以处罚；
我们知道原因——你不会认识他，
他的手稿不会在忘川里沉没，
没有你的签字，它照样在世上传播。
巴尔科夫没有把谐谑诗交给你审看，

① 指俄国诗人巴拉丁斯基，他写过《华筵》一诗。
② 希腊神话中生有双翼的神马，马蹄踏过的地方有泉水涌出，诗人饮过此水可获得灵感。

奴隶制的死敌拉吉舍夫[①]避开了检查官，
普希金[②]的诗作也没有拿出去发表，
有什么必要？如今大家都在传抄。
可你仍一意孤行，在我们这个充满
智慧的年代，沙里科夫[③]倒可能是祸患。
你干吗无故折磨我们，也折磨自己？
你是不是读过叶卡捷琳娜的圣谕[④]？
读一读，领会它，你心中就会亮堂，
了解自己的职权，从而改弦更张。
在女皇看来，一个卓越的讽刺作家[⑤]
在他的民间喜剧里把愚昧鞭挞，
而在一个宫廷蠢材的无知头脑中，
库杰伊金[⑥]和基督却没有什么不同。
权贵的灾星杰尔查文用严厉的诗琴
把他们高傲的偶像揭露得入木三分；
海姆尼采尔[⑦]笑谈生活的真理，
杜申卡的朋友[⑧]语义双关地谐戏，
塞浦律斯出现时偶尔也不着衣衫，

---

① 拉吉舍夫（1749—1802），俄国革命思想家、作家、诗人。
② 指瓦·里·普希金的《危险的邻居》，或指普希金自己的一些政治性诗歌。
③ 沙里科夫（1768—1852），写了一些空洞的爱情诗，受到嘲笑。
④ 指叶卡捷琳娜女皇1767年为召集国家法律制订委员会而规定的方针，在当时是很激进的，但实际上没有实行。普希金在此提出这一“圣谕”，是从策略上考虑的。
⑤ 指俄国作家冯维辛，作品有《纨袴少年》。
⑥ 《纨袴少年》中的主人公。
⑦ 海姆尼采尔（1745—1784），俄国诗人，主要写寓言。
⑧ 指俄国诗人伊·费·鲍格丹诺维奇，杜申卡是他同名长诗中的女主人公。

检查官并没有对他们作梗刁难。
你不以为然啦；坦白说吧，如果是今日，
他们要摆脱你是不是没那么容易？
这究竟是谁的错？前鉴不远：
亚历山大时代已有良好的开端。①
去打听一下吧，那时出过一些什么书，
在知识领域里，我们可不能退步。
对往昔的愚蠢②我们应感到羞愧，
难道我们要往那个年代倒退？
那时候谁也不敢叫一声“祖国”，
无论是人还是书，都在奴役中过活。
俄罗斯曾在愚昧的重轭下生息，
不，不！那令人窒息的年代已逝去。
既然光荣的卡拉姆辛赢得了桂冠，
那么蠢材就不可能担任检查官……
切实改正吧：聪明些；别刁难我们。

“一点不错，”你会说，“我不和你们争论：
可是检查官怎能凭良心评断？
我得放这人或那人的文章出版。
当然，你们觉得好笑，可我常痛哭，
边读边画十字，碰运气乱涂，

① 亚历山大一世执政初期有自由主义倾向，当时允许出过一些书，但后来都禁止再版。普希金提到此事也是一种策略。
② 1787年保罗一世禁止使用13个据说具有革命色彩的词语，其中有“祖国”一词。

一切都要看流行和爱好，譬如说，
从前我们尊敬边沁[1]、伏尔泰和卢梭，
可如今连米洛[2]也难逃我们的罗网。
我是个可怜人；家中还有妻子儿郎……”

　家中有妻子儿郎，朋友，这真不幸：
我们一切卑劣的行为都由此而生。
但是没有办法；这么说，如果你不能
尽快小心翼翼地滚回家中，
你还必须为沙皇忠心地服务，
那你最好是请个聪明的秘书。[3]

---

① 边沁（1748—1832），英国哲学家、社会学家。
② 米洛（1726—1785），法国天主教神父，所著《通史》于1819至1820年被译成俄文出版，内容被检查官删改。
③ 克雷洛夫寓言《预言》说，请一个聪明的秘书对当官的至关重要。

致异国女郎[①]

我以你看不懂的语言
给你写一首告别的诗篇，
但在愉快的迷惑之中
我想要请求你的眷念：
在此分手时我五内俱焚，
我的朋友，可我并不灰心，
我仍然将你奉若神明，
我的朋友，仅对你一人。
当你望着别人的容颜时，
请你只相信我对你的心，
一如你从前相信它一样，
虽然你并不懂得它的情。

---

① 草稿中注明此诗是写给希腊女郎的。

* * *[①]

令人陶醉的往日知己，
我的忧愁和戏谑构思的友伴，
我认识你在我生命的春日，
在最初的嬉戏和梦幻的幼年。
我等着你，你——快乐的老婆婆，
在宁静的傍晚来到我身旁，
你穿着背心坐在我跟前，
戴着大眼镜，手摇着铃铛。
你轻轻摇着幼儿的摇篮，
哼着歌儿使我听得入神，
你在襁褓中留下一支芦笛，
你赋予它以迷人的声音。
幼年逝去了，宛如飘渺的梦。
你疼爱着这无忧无虑的少年，
在可敬的诗神中他只记得你，

① 这首诗是献给诗人的奶妈罗季昂诺夫娜的。

于是你悄悄地去将他看望。
但那难道是你的形象，你的打扮？
你多么可爱；多么快，你的改变！
多明亮的火焰，你荡漾的微笑！
多明亮的火焰，你亲切的流眄！
你的云裳像狂澜一样翻卷，
勉强遮在你轻烟般的身上；
你身披鬈发，装扮着花环，
绝代佳人的头在散发着芬芳；
你雪白的胸脯佩戴着珠串，
泛着红光，在微微地发颤……

致费·尼·格林卡[①]

当我在生活的欢宴中陶醉，
流放的厄运却来到我跟前，
我看到那群疯狂无忌的人
可鄙而懦怯的自私嘴脸。
我没有眼泪，愤慨地丢下
宴会的桂冠和雅典娜[②]的光辉，
但是，仗义慷慨的公民，
你的声音是我莫大的安慰！
即使命运决定了让我
再度遭受可怕的流放，
即使朋友对我翻脸无情，
犹如爱情对我反复无常，
在面临的流放中我将忘怀

① 费·尼·格林卡（1786—1880），俄国诗人，政治家，十二月党人。在普希金遭受流放时，他发表一首诗对普希金表示敬意。此诗即是对格林卡的回答。
② 希腊神话中的智慧女神。

他们蛮横无理的欺凌：
他们微不足道，阿里斯提得斯[①]，
只要你为我的无辜作证。

① 阿里斯提得斯（活动时期公元前5世纪），雅典政治家和将军，提洛同盟开创人，被认为是正直和公理的榜样。此处用以比喻格林卡。

* * *[1]

不久前我在闲暇时候，
读过一本骑兵的规程，
我甚至异常清晰地参透
它据以成立的道理的高明；
从那无与伦比的文体中
我领略了其中突出的特点；
但是翻阅几页后，我承认，
我对上帝曾有过抱怨。
我在想：你这轻狂的歌人，
就别为自己制造偶像了，
你那玩世不恭的诗琴
如今已经不那么疯狂，
已经永远静下你的心，
看来为了顺应世人的愿望，

① 这是给达维多夫的一篇书简诗，当时达维多夫出版了一本题为《游击队活动理论初探》的书。下文的“骑兵的规程”即指此书。

你已经成了个理智的人！
真不幸啊，我说，眼里噙满泪水，
是谁给了达维多夫忠告，
要他放弃桂冠和玫瑰？
一个由缪斯加冕的诗人
竟能无视昔日的灿烂，
和布尔佐夫[①]阴魂的前鉴，
降低身份去写作散文！
蓦地，我看见就在眼前，
出现了一个褴褛的幽灵，
他胡髭直竖，鬓发如山，
醉醺醺，就像末日来临，
披着骠骑兵披肩，威风凛凛，
军帽神气地歪戴在额前。[②]

① 布尔佐夫系达维多夫的同事。
② 这一句借用达维多夫《老骑兵之歌》中的诗句。

致阿婕莉[1]

玩吧，阿婕莉，
别学会忧烦。
卡里忒斯和列丽[2]
赐予你花冠，
还曾经为你
轻摇过摇篮。
你拥有的春天
宁静而明朗：
你是为欢乐
诞生在世上。
抓住，快抓住
这醉人的时代！
把青春岁月

---

① 这首诗是献给达维多夫的女儿阿婕莉·达维多娃的，阿婕莉时年 12 岁，普希金在卡敏卡村遇见她。

② 卡里忒斯，希腊神话中的美惠三女神；列丽，古斯拉夫的爱神、牧人与歌手的保护神。

献给爱的情怀，
在这纷乱的世界，
可爱的阿婕莉，
请爱我的芦笛。

囚　徒[1]

我坐在阴湿监狱的牢房里面，
那里有一头关在笼中的雏鹰——
我的忧郁的同伴，它扑腾着翅膀，
在铁窗下面啄食血淋淋的食品。

它啄食着，丢弃着，不断望着窗外，
好像和我怀着同一个心思。
它用目光和叫声频频向我呼唤，
“让我们远走高飞吧！”它对我示意。

“我们原是自由的飞鸟，飞吧，伙伴！
飞到乌云后面那白雪皑皑的山上，
飞到激荡着蓝色波涛的大海边，
飞到只有风儿……和我漫步的地方！……”

---

① 这首诗可能是普希金在参观基什尼奥夫监狱后有感而作的。诗歌曾以歌曲形式广为流传。

* * *

卡古尔的炮弹[①]，你多么神圣，
对于俄国人，对于荣誉之友——
在胜利进军的旗帜中间，
你掉落，炽热，沾满血肉，
杀戮了无数北方的英雄
…………

① 指在卡古尔河两岸战场上发现的炮弹。1870 年 7 月 21 日俄军曾在比萨拉比亚的卡古尔河战场上击溃土耳其军队。此诗未完成。

*　*　*

有的人占有我的阿格拉娅①，
是靠他的制服和黑胡子，
有的人是靠他的钱财——我理解，
还有人是因为他属法兰西，
克列昂，是用智慧吓唬她，
达密斯，是靠他唱歌传达情意。
现在告诉我，我的朋友阿格拉娅，
你的丈夫是靠什么占有你？

① 阿格拉娅，达维多夫之妻。

* * *

蠢货中的蠢货，你骂吧，嘀咕吧，
我的朋友拉诺夫①，你等着吧，
我可不会赏你个耳光。
你那得意洋洋的嘴脸
跟那娘们的屁股一个样，
只等着人们踢它个底朝天。

① 拉诺夫是基什尼奥夫的一名官员，常和普希金吵架。

* * *

克拉丽莎钱很少，
你有钱，去结婚吧，
她适合当富豪，
你也适合戴绿帽。

* * *

我的朋友，已经三天
我被禁闭在家里，
因此我好久没看见
我的俄瑞斯忒斯[①]。
摩尔达维亚人的救星，
巴赫梅季耶夫[②]的地方官，
诸多法律的宣告人，
他是谦恭的约翰[③]，
只因为那雅西的地主[④]，
我们熟知的笨猪，
他以玛祖卡、包头巾
和讨厌的大胡子而闻名，

① 希腊神话中阿伽门农的儿子，和皮拉得斯是好朋友，因此他的名字成了“朋友”的代名词。此处可能指阿列克谢耶夫。
② 比萨拉比亚的总督，后来英佐夫接替了他的位置。
③ 指普希金的上司，比萨拉比亚的新总督英佐夫。
④ 雅西是比萨拉比亚的城市，今属罗马尼亚。雅西的地主指托多尔·巴尔什。

他是个懦夫和老粗，
被我稍稍地教训，
我这再一次肇事
惊动了诸位大臣，
他在我逼仄的陋室
布置了严厉的哨兵。
…………①

还由于一些琐事，
也就是胡乱涂鸦，
画些随意的人像，
画些讽刺性漫画——
一些熟悉的人物——
东方的人物肖像、
…………贵族少妇，
她们戴绿帽的丈夫，
有的剃光，有的留络腮胡！

① 此处缺四五行诗。

沙皇尼基塔和他的四十个女儿

从前有个沙皇叫尼基塔，
他过得悠闲、快活而奢华，
他没有做过善事也不作恶，
拥有一片繁荣的山河。
沙皇把国务稍稍料理，
他吃饭、饮酒，祷告上帝，
和各种各样的育龄妇人
生下了整整四十个千金，
四十个姑娘个个俏丽，
算得上四十个天上的仙女，
从内心到灵魂都令人爱慕，
我的上帝，请看她们的秀足，
那娇小的头，那乌黑的秀发，
那眸子，多秀丽，那声音，绝佳，
那聪明样儿，能叫人神魂颠倒。
一句话，她们从头到脚
都能让人们的灵魂着魔，

只是她们还缺少点什么。
那么究竟缺少点什么?
哦,一点小事,没什么。
是没什么,还是一点点?
反正一样,总有些缺陷。
这件事究竟如何解释,
才不会招惹某些人生气——
我是指那一本正经的傻蛋,
还有过分认真的检查官。
那可怎么办?……帮帮我吧,老天!
是那些公主两腿中间……
不行,这样说实在太明显,
既不婉转,也很危险——
让我换一种方式来说明:
我爱维纳斯可爱的酥胸、
芳唇,尤其是那双秀足,
可是我的爱如火如荼,
我那痴心不改的求索……
到底是怎么回事?……没什么!
不管是没什么,还是一点点……
反正是那些生性轻贱、
精力过剩的妙龄公主
从来没有经历过的幸福。
她们那奇迹般的身世
使得宫廷里的大小官吏
都纷纷感到困惑莫解。

父亲为她们而愁肠百结，
那些可悲的母亲也为之烦恼。
当人们从接生婆口中知道
公主们出生的真相以后，
无不吃惊得张开大口，
感慨、惊叹，都感到惊奇，
有的人，虽然也嘲笑鄙夷，
却也悄悄地，免得被送去
涅尔琴斯克终身服苦役。
沙皇召来了满朝的文武、
俯首听命的奶妈和保姆，
对他们下了一道谕旨：
“如果你们当中有谁
胆敢教唆公主们犯罪，
或者教她们想入非非，
哪怕只是给她们暗示，
她们缺少点什么东西，
或者对她们说些双关语，
对她们做些下流手势，
那么，我可不会开玩笑，
我会把婆娘们的舌头割掉，
对男人的处罚会更加沉重，
定会叫他们饱尝苦痛。”
沙皇虽严厉，却很公正，
他下的谕旨威力无穷；
每个人都惶恐地俯首听命，

个个都决定小心谨慎，
每个人都小心侧耳聆听，
每个人都想保身家性命。
可怜的妇女们心存恐惧，
生怕男人们走漏消息；
男人们都在暗地思量：
“我的夫人啊，请把我原谅！”
(显然，他们都愤愤不平。)
我的公主们都长大成人。
人们可怜她们，有人向沙皇
进言，阐明自己的高见：
如此这般——明白无误，
轻声细语，唯恐泄露，
小心避开所有的侍从。
大臣们个个把心思挖空，
怎样治好这样的毛病。
这时有个年老的大臣，
向大家鞠了一躬，冷不丁
用手拍了下自己的秃顶，
对沙皇把自己的意见说明：
“啊，我的皇上圣明！
如果我说起性的问题，
那古代粗俗的男女之事，
请不要怪罪我的荒唐。
我曾经认识一个媒婆，
(她在哪儿？如今在干什么？

大概还是干她那一行。）
她干的是巫婆那行当，
她能治疗所有的毛病，
能治好器官虚弱的顽症。
如今最好能把她寻找，
这妖婆什么事都能搞好：
只要需要，她都能办到。”
“那就快派人去把她寻找！”
沙皇尼基塔大吼一声，
怒气冲冲把眉头皱紧：
“马上派人把巫婆寻找！
她要是胆敢把我们来蒙骗，
该干的事没干得完满，
让我们落得空欢喜一场，
或者故意向我们撒谎——
那么在大斋的第一个礼拜一
我如果不把这妖婆烧死，
并且向上天祈求宽宥，
我就不是沙皇，而是无赖。”

于是秘密而谨慎小心
沿着驿车急驶的路径，
派出许许多多的急使，
把他们送往世界各地。
他们飞奔，到处寻搜，
想为沙皇去找个巫婆。

一年又一年很快地过去，
却没有巫婆的任何消息。
终于有个勤奋的急使
突然发现了可喜的踪迹。
他驰进一座茂密的树林
（显然有魔鬼在为他指引），
他看见，树林里有座小屋，
里面居住着一个女巫。
他作为沙皇派遣的急使，
便径直朝那女巫走去，
他大胆地朝那女巫敬个礼，
转告沙皇派他来的意思：
公主们怎么来到这尘世，
她们缺少的是什么东西。
女巫立即明白他的来意，
一把将来使往门外推去，
临了还对他说道："走吧，
快一点，快离开这儿别回头，
要不然，当心染上寒热病……
过三天再来这儿问讯，
来取个包裹，还有回音，
不过要记住，趁黎明时分。"
事后女巫就把门关严，
准备了好多好多煤炭，
一连三昼夜占卜作法，
把一个魔鬼招到她家。

那魔鬼给她带来个锦匣，
让她送去给沙皇陛下，
那里装满了罪恶的宝贝，
可我们大家都很珍贵。
这些个宝贝品种繁多，
大小齐全，有各种颜色，
还带着卷毛，都很精锐……
女巫把它们一个个看过，
选出其中最好的四十个，
然后把它们用手巾包好，
装进锦匣用钥匙锁牢，
她让使者带着它回去，
还给他路上使用的银币。
他急驰着，已是满天红霞……
他很想好好休息一下，
想吃点东西解解饥渴，
喝点伏特加，润润口舌：
他是个细心周到的小伙子，
早准备了路上用的东西。
他给马儿解下了马衔，
自己也吃得十分安闲。
马儿在吃草。他在想象，
沙皇将如何把他褒奖，
封他为伯爵，或许是公爵，
那锦匣里装的是什么宝贝？
那女巫寄的什么给沙皇？

往隙缝里看看，什么也看不见——
锁得很严实，真叫人遗憾！
好奇心使他心惊胆战，
使他全身心惊慌失措。
他把耳朵贴近那小锁——
可是耳朵里什么也听不见；
他闻闻，那气味倒还平常……
唉呀呀，真糟糕！是什么宝贝？
就看一眼，上帝作证，不碍事。
这使者再也无法按捺……
可他一打开这个锦匣，
一群小鸟儿便扑棱棱地飞走，
它们停在周围的枝头，
一只只摇着它们的尾巴。
我们的使者把它们叫唤，
用面包干引诱它们回转：
他撒面包屑，但全然是妄想
（显然，这不是它们的食粮）：
枝头上它们唱得正欢，
干吗要往那锦匣里头钻？
这时一个老婆婆拄着拐杖，
弯腰曲背，活像弓一样，
正顺着大路蹒跚走来，
使者扑通一声跪倒就拜：
“我眼看就要掉脑袋把命丧，
救救我吧，你就是我的亲娘！

瞧瞧吧，我闯了多大的灾祸：
我再没法子把它们捕捉!
我可怎么摆脱这灾难？”
老婆婆抬头朝上看了看，
啐了一口，轻声把话说：
“尽管你的行为太丑恶，
可你不用哭，也不用发愁……
你只要给它们点意思瞅瞅——
它们想必都会往下飞。”
“好吧，谢谢啦！”他说了一句……
他刚刚表示了一点意思——
小鸟儿立即向他飞下来，
朝自己的窝里钻得飞快。
为了免得把事情搞砸，
他不再说什么多余的话，
立即把四十只鸟儿锁好，
拔脚就往回家的路上跑。
公主们收到这些小鸟儿，
就把它们在笼子里关好。
沙皇真的是喜出望外，
立即传旨把筵席大开：
一连七天里大吃大喝，
让大家一个月休息玩乐；
沙皇给满朝文武奖励，
同时也没把巫婆忘记：
从珍藏的珍稀物品当中

当礼品送去蜡烛头浸酒精
（这礼物大家都觉得很稀奇），
此外还从这宝库中取出
两条蝰蛇和两具枯骨……
那使者也得到应有的赏物，
故事至此也完满结束。

———

许多人都对我破口大骂，
诘问也会对着我频发：
为什么我要开这愚蠢的玩笑？
关他们什么事？我愿意闹闹。

* * *

在莫斯科河寂静的两岸之上，
有一座座历史悠久的教堂，
那竖着十字架的一个个圆顶
在修道院的高墙上熠熠闪光。
从未砍伐过的葱郁树丛
长满了周围的山丘之上，
上帝的仆人，圣徒的遗骨
自古就在那地方安葬。

断　章

*　*　*

她…………曾经赐给我
…………第一个美梦，
于是对她的思念激起我
弹出隐秘诗琴的第一声——

*　*　*

来吧，尼基塔，快帮我更衣，
都主教辖区已响起了钟声。

小　鸟

在遥远的异乡，我虔诚地遵守
故乡古老的风俗习惯：
在春光明媚的欢乐节日里，
我把一只小鸟放回蓝天。

于是我的心感到欣慰；
为什么对上帝有这许多怨尤，
至少我能够把一个生命
从手中放走，给予它自由！

* * *[1]

今天一早我就在家里
等着你，我的亲爱的朋友，
来吧，一切按昔日办理，
到我这儿来喝一杯甜酒。
我们的朋友塔迪夫[2]，科摩斯的骄子，
他是一位厨房里的上将，
无愧于许多友谊和褒奖——
来自伪君子、诗人和谈笑客，
塔迪夫，他在科兰古[3]家干过活，
偷盗过，也把科兰古养胖，
塔迪夫，为了债务未还清，
还曾被警察当局追踪，

---

① 此诗未完成。
② 塔迪夫，法国厨师，曾在彼得堡开餐馆，破产后迁敖德萨，后又到基什尼奥夫当厨师。
③ 科兰古（1773—1827），法国贵族，1807—1811 年间出使彼得堡，“百日”王朝时期任外交部长。

塔迪夫，他有无穷的才能，

善做甜食[1]，还会做馅饼。

① 原文为法文。

自怨自艾[1]

您的爷爷是裁缝，您的叔叔是厨子，
而您，您是一位时髦的先生，
这是关于您的街谈巷议，
这也不奇怪，议论的不止您一人。
唉，在我的亲属中没有谁
为我这高贵祖先的后代
把一件时髦的燕尾服缝制，
也没有人为我做一顿美味的饭菜。

① 这是一首针对谢维林的讽刺短诗。谢维林原是绿灯社成员，1823 年他在敖德萨和被流放的普希金发生过一次激烈的争吵，之后，普希金写了这首讽刺诗。

* * *

奔腾的波涛啊，是谁阻遏了你，
是谁用镣铐锁住你雄健的步履，
是谁把你这汹涌的巨流
变为一潭昏睡的死水？
是谁用他的魔杖窒息了
我心中的希望、悲哀和欢乐，
麻醉了我激荡的心灵和青春，
让它们昏昏睡去，变得冷漠？
怒吼吧，风啊，掀起波浪，
摧毁这制造死亡的堡垒，
你在哪儿，暴风雨——自由的象征？
请你猛扫这潭被压制的死水。

夜

我为你唱出的歌情意绵绵而舒缓，
它震荡着这个沉静而漆黑的夜晚。
一支冷清的蜡烛点燃在我的床头，
我的诗行汇成了诗篇，潺潺地奔流，
这爱情的小河充满了对你的怀想。
在黑暗中你的明眸对我闪着亮光，
对我微笑，于是我听见了你的低语：
我的朋友，我的爱人，我是你的，我爱你！

* * *

我羡慕你啊，你这大海哺育的勇敢水手，
你在帆影下和风暴中白了少年头！
你是否早就到达了风平浪静的港湾——
你是否早就安享了安谧快乐的瞬间——
但那诱人的波涛又在重新向你召唤。
来吧——我们心中都充满同一种热望，
让我们离开这腐朽的欧罗巴海疆，
去寻找遥远的碧空、寻找远方的疆域；
我这土地上的困倦居民，要寻找另一片天地，
我热烈向你问候，你这自由的海洋。

致维格尔[①]函摘抄

基什尼奥夫，可诅咒的城市！
再骂你，舌头已没了力气。
总有一天，天雷一定会
把你那污秽的房屋炸毁，
把罪恶的屋顶夷为平地，
我将找不到你的遗迹！
瓦尔福洛梅[②]多彩的华屋，
犹太人那些肮脏的店铺，
都将在大火中坍塌、焚毁：
是的，假如你相信摩西，
不幸的所多玛[③]就是这样倾覆。
然而我不敢把基什尼奥夫
同这可爱的小城相比。

---

① 维格尔（1786—1856），普希金的朋友，此时在基什尼奥夫任职。他邀请普希金去基什尼奥夫一游。此诗是普希金回函的一部分。

② 瓦尔福洛梅（1764—1842），比萨拉比亚地主，基什尼奥夫青年常在他家聚会、跳舞。

③ 《圣经》中记载的巴勒斯坦城市，因淫乐而激怒上帝，被毁灭。

对《圣经》我有相当的了解，
而且我不惯于歌功颂德，
你知道，所多玛十分出色，
不仅是彬彬有礼的罪孽，
还有那出色的文化和筵宴，
许多殷勤好客的庭院，
和温文尔雅的美丽少女！
可惜啊！因耶和华怒火狂燃，
它被天雷过早地击毁！
在上流社会的灯红酒绿里，
我这为上帝保佑的人，
占据着最高议会的一席，
多希望平淡地度过一生，
在那信奉《旧约》的巴黎！
但是在基什尼奥夫，你知道，
可爱的太太很难找到，
也找不到皮条客和书贩。
我真为你的命运惋惜！
我不知道，在傍晚来临时，
会不会有三个美男子来和你做伴；
然而，无论如何，我的朋友，
只要我有一点空闲时候，
我就会来到你的面前；
我非常乐于为你服务，
用诗歌、散文和全部肝胆，
可是，维格尔，别打我屁股！

* * *

　我像孩子般沉浸于甜蜜的幻想，
假如我能相信心灵终有一天
能够逃避腐朽，把永恒的思想、
记忆和爱情带往无底的深渊——
我发誓！我早就会扔下这个世界：
我会毁灭生命和丑陋的偶像，
我将飞往自由和欢乐的国度，
飞往那没有死亡和偏见的净土，
那里只有思想在晴空中飘荡……
　但我枉然沉浸于虚泛的幻梦，
理性顽强地表现自己，不许我幻想……
在坟茔那边等待我的只是虚无……
怎么，是虚无！没有初恋和思想！
我感到可怕！……又悲观地审视人生，
于是我向往长命，好让可爱的倩影
在我悲伤的心中久藏，熠熠长生。

* * *[①]

有时，我在甜蜜的迷惑中
相信过那些精英的心灵，
我幻想，他们神秘的出生
是出于全能天庭的决定，
当我刚刚与他们接近——
有一种见解便说明他们
…………

① 这是一首未完成的诗。

* * *

一个狡猾的恶魔打破了
我那不知忧虑的无知，
他把我的存在永久地
和他的存在联结在一起。
我开始用他的目光观察人世，
一种不幸的财宝赋予了我的生命，
和他那含混不清的话语，
我的心灵开始发生了共鸣。
我用明亮的眼睛看一眼
世界，在寂静中感到惊奇，
在我的眼中，世界竟然
如此宏伟，又如此瑰丽？
年轻的幻想家啊，你在寻觅
什么？你追求的目标何在？
是谁让你不知羞愧
而如此狂热地盲目崇拜？
我曾把目光投向人寰，

发现他们傲慢而卑鄙，
又发现残酷而轻率的法官，
总是行不离暴力的白痴。
他们残酷、冷漠而无聊，
对于这个怯懦的人群，
崇高的真理显得可笑，
千古的经验无异对牛弹琴。
聪明的人们，你们说得对，
何必为自由而尽情呼喊？
畜生不需要自由的赠与，
它们应任人宰割和修剪，
挂着铃铛的重轭和鞭子，
是它们世代相传的遗产。

恶　魔[1]

从前，我对日常生活中
所感受到的一切都觉得新鲜：
无论是少女的顾盼，树林的喧闹，
还是晚间夜莺的鸣啭——
那时候，种种崇高的感情、
自由、荣誉，还有那爱恋，
以及充满灵感的艺术，
都强烈地拨动我的心弦，——
可是蓦地有一种惆怅之感

---

① 普希金的一些同时代人以为这首诗是写亚·尼·拉耶夫斯基的心理的，对此普希金曾有过说明，揭示了这首诗的更深刻的意义。他写道："我认为批评家错了。很多人也持有这种见解。有的人甚至指出了普希金似乎想在这首怪诗中描写的那个人。看来他们猜错了。至少，我认为《恶魔》有更具劝谕性的目的。在人生最美好的时刻，还没有被各种经历弄得意气尽失的心和美好的事物是相通的。它是轻信的，富有感情的。但是现实中永远存在的矛盾渐渐在其中唤起疑惑，一种使人深为痛苦然而并不持久的感情。在永远摧毁了心灵最美好的希望和富有诗意的偏见之后，这颗心便死去了。无怪乎伟大的歌德把人类的永恒仇敌称为否定的精灵。普希金可能是想在《恶魔》中表现一下这种否定的精灵和疑惑，并在一幅令人愉快的图画中描绘出它们的特征和对我们时代的道德的可悲影响。"

给希望和欢乐投下阴影，
一个邪恶的精灵飞来了，
开始悄悄地缠上我的身。
我们的见面真叫人丧气：
它的狞笑，那奇异的瞥视，
那尖刻的语言都给我的
心灵注入了冷漠的毒汁。
它用无穷无尽的诽谤
企图试探上天的意志；
它硬把美好叫做幻想；
它更对灵感加以蔑视；
它不相信爱情和自由；
对生活更是百般嘲笑——
世上的万物它无一相信，
都不愿祝它们变得更美好。

* * *[①]

有一个撒种的出去撒种[②]。

我是个孤独的播种者，在启明星
出现之前，早早就出去播种自由；
在那被奴役的犁沟上面，
我用纯洁而又无罪的手
撒下能繁殖生命的种子——
但我只是白白浪费时间，
枉费有益的思想和劳力……

吃你们的草吧，和平的人民！
正直的呼声不能唤醒你们。
何必把自由赠给牲畜？

① 这首诗是在西欧革命运动受到镇压后写成的，反映了诗人的消极情绪。
② 题词引自《圣经·新约·马太福音》第 13 章第 3 节。

它们只有任人宰割和剪毛的份。
系着铃铛的重轭和皮鞭
才是它们世代相传的遗产。

* * *[1]

你能否宽恕我忌妒的猜疑，
我充满了爱的狂热的冲动？
你既然忠于我，又为什么喜欢
经常使我的心饱受惊恐？
一群追逐者聚集在你周围，
为什么你总显得那么可爱大方，
你美妙的流眄多情而含愁，
让他们空怀着非分的想望？
你主宰了我，使我如痴如醉，
你确信我忠于不幸的爱情，
可在一群狂热的追逐者之中，
你竟没有发现我默默无言，
和他们格格不入，独自恼恨。
你对我一言不发，一眼不看……

① 这首诗是写给阿玛丽亚·里兹尼奇的，她是一个意大利商人的妻子，普希金在敖德萨结识了她。

残酷的朋友！即使我想走，
你也不担心和恳求地看一眼。
即使有另一个漂亮的女人
和我语意暧昧地交谈，
你也无动于衷；戏谑的责备
毫无情意，真使我心灰意懒。
你再告诉我：我那永久的情敌
看见我和你单独在一起，
为什么要狡猾地向你问候？……
他是你的什么人？有什么权利
生气和忌妒？请你告诉我。
在早晚那些不方便的时刻，
母亲不在，你一个人，衣着随便，
为什么要接待这个来客？……
但你是爱我的……和我单独在一起，
你是这么温柔！你的亲吻
是这么火热！娓娓的情话
充溢着你如此真挚的心灵！
我的痛苦使你觉得好笑；
但你是爱我的，我明白你的心。
亲爱的人儿，我求你，别再折磨我：
你不知道，我爱你多么热烈，
你不知道，我的痛苦多么深。

致玛·阿·戈利岑娜公爵夫人[①]

很久以前，在我的心坎里
就深深埋藏着对她的回忆，
她那短暂的关注久久地
成为抚慰我心灵的欢愉。
我一再默念她所赞赏的诗句，
我的诗，那生动悲凉的声音，
她一再诵读着，是那么真挚，
一定是深深打动了她的心。
她又一次满怀同情倾听
这充满眼泪和隐痛的诗琴，
如今她还亲自赋予它
自己优美醉人的声音……
不错！虽然我生性孤傲，

① 玛·阿·戈利岑娜是著名俄国统帅苏沃洛夫的孙女，对音乐极其爱好，曾唱过为普希金的诗谱曲的歌。

我仍将深怀感念地想到：
我的诗名是由她造就，
或许也有灵感的功劳。

生命的驿车

有时候虽然负载沉重，
但驿车却跑得轻松利索；
豪爽的车夫——时间老人，
赶着车，从不走下驭座。

我们一早就登上驿车，
乐于让马车飞快地奔跑，
我们蔑视懒惰和安逸，
不断高喊着：快跑，快跑！……

但是到中午已没了豪气，
驿车开始颠簸，那山坡
和峡谷更使我们害怕；
我们喊着：慢点，别闯祸！

驿车继续向前方行驶，

到傍晚我们才习惯于旅行，
我们打着盹来到客栈，
而时间赶着马继续前进。

致弗·彼·戈尔恰科夫便函[①]

冬天以它松软的围墙
堵住我通往大门的路径，
眼下我还不知道怎样
踏出条小路通往门庭。
我只好无聊地枯坐家里，
而你，我最为知心的朋友，
别忘记，礼拜一有件什么事，
瓦尔福洛梅曾提出什么请求。
…………

① 据戈尔恰科夫证实，1823 年 1 月末，普希金曾写信给他，瓦尔福洛梅定于礼拜一在他家举行舞会。这是信中的一段。

致列·普希金[1]

亲爱的弟弟，我们分手时你还是个少年——
在离别中流失过多少漫长的岁月；
现在你已是个青年，正茁壮成长，
以整个心灵去迎接光明、自由和喜悦。
多么美好的前程正呈现在你面前，
你的未来将有多少狂喜和欢欣，
有多少甜蜜的操劳，多少温馨的迷茫！
新的情热会常常令你热血沸腾！
你将在急切的希冀中把心灵检验，
你将满怀信心去呼唤友谊与爱情。
…………

① 此诗未完成，系为列夫·普希金 18 岁生日而作。

* * *[1]

“请听，啊，正拉响银弓的赫利俄斯[2]，
克拉罗斯的神[3]，请听一个老人的祈求，
如果你不去做盲人[4]的向导，他就会死去。”
说着，这疲惫不堪的盲人在石头上坐定。
接着来了三个牧童——这荒野上的孩子，
他们听到守护畜群的狗吠叫赶来，
他们保护着衰弱的老人，喝住了狗叫；
远远听到老人的祈求，他们走拢来，
心想：“这孤独而失明的白发老人是谁？
他高傲、魁梧，瘦弱的腰间挂一把诗琴，
他的声音能震荡波涛与天空，他莫非是神？”
他听到脚步声，侧耳听着，一阵慌乱，
这不幸的流浪汉伸出双手祈求怜悯。

---

① 这是一份未完成的草稿，安·谢尼埃牧歌《盲人》开头部分的翻译，译者将原诗的亚历山大体改为六音步扬抑抑格无韵诗。
② 希腊神话中的太阳神。
③ 克拉罗斯是阿波罗神庙的所在地，克拉罗斯的神指阿波罗。
④ 指荷马。

“别害怕，即使没有神——那希腊的保护者附在
你衰老的躯体上，你身上那庄严的美也已经
使你这老翁变得神采奕奕，”他们说，
“如果你是个凡人，告诉你，波浪将把你
带给友好的…………人们。”

致玛·叶·艾赫菲尔德[1]

衣装笔挺，才华横溢，
都不能得到您的青睐；
只有您的一些表兄弟
才知道秘密，讨您喜爱。
您无情夺走我的平静，
可是对我并没有情意。
卓娅成了我唯一的幻梦，
我娶她便成了您的亲戚。
…………

① 艾赫菲尔德系一希腊姑娘，姿色迷人，嫁给基什尼奥夫一个官员，她周围的一些追求者自称为她的表兄弟。卓娅是艾赫菲尔德的侄女，相貌平常。这是一首应艾赫菲尔德的要求为她的纪念册所写的诗，此诗由戈尔恰科夫提供，未完。

* * * [①]

那可怕的时刻将来临……你的天仙般明眸
将蒙上永恒黑夜的迷雾，我的朋友，
永恒的沉默将使你紧紧闭上双唇，
你将永远走进那个阴暗的灵寝，
那里安息着你的祖先冰凉的遗骨。
可我至今仍是你的崇拜者，虽饱尝痛楚，
我将跟随你走进那众人哀悼的住所，
我将坐到你的身旁，悲伤而沉默，
在你可爱的双脚旁边，将你的秀足
放在我的膝上，悲伤地等待……但等什么？
好以我的幻想的……力量
…………

① 此诗未写完。

＊ ＊ ＊[①]

晚祷已经过去了好久，
禅房里一片寂静，黑黝黝。
就连那严厉的修道院长
也已结束了自己的祈祷，
画过十字，将那身老骨头
躺倒在他那简陋的卧榻上。
四周只有梦幻和沉寂，
但是教堂的门却依然开启；
长明灯的光……若隐若现，
将昏暗的光线微微照亮
神像那黑咕隆咚的画面
和它那镀金的缀片和衣装。

———

在寂静中不时响起声声

① 这是一个未完成作品的开头。

沉重的叹息和庄重的絮语，
古老幽深而潮湿的拱顶
在高处阴暗的地方微睡。

———

唱诗班后面纹丝不动
站着两个人——修士和罪人，
他们的絮语如发自坟茔，
那罪人苍白得像个死人。

修　士

不幸的人，够了，打住吧，
恶人的忏悔真叫人恶心！
你听从了恶人的坏话，
那人心中正燃烧着仇恨，
他正狡猾地监视着罪人，
要把他引向永恒的沉沦。
顺从吧，醒悟吧，时间，时间，
悔过…………遮蔽
我将会把你宽恕。卸去
你身上恼人的罪孽的重担。

* * *[①]

我们的心都想为所欲为!
……我又陷入苦痛之中，
不久之前我曾请求你
来哄骗一下我的爱情，
用你假装的温存和同情，
闪动你那娇媚的眸子，
抚弄我这顺从的心灵，
给它注入火焰和毒汁。
你同意了，你那慵懒的目光
饱含着水灵灵的柔情蜜意；
你脉脉含情，仪态端庄，
你说了那么多甜言蜜语，
有时，你情意绵绵地默许，
有时，你又委婉地禁止，
这一切在我深邃的内心里
都留下不可磨灭的印记。

① 这是一篇未曾修饰的草稿。

* * *[1]

杜曼斯基把自己的光阴献给
福玻斯和忒弥斯[2]，这很有益，
他在塔夫里达到处巡视，
广泛传播巴尔尼[3]的诗。

---

① 这是一篇未曾修饰的草稿。杜曼斯基（1800—1860），诗人，1823 年在敖德萨任职，接近过普希金。同年因公到过克里米亚。
② 希腊神话中掌管法律和正义的女神。
③ 巴尔尼（1753—1814），法国诗人。

断　章

*　*　*

我这俘虏实在不可爱——
…………
他冷漠、乏味，是个蠢材——
总是这样，但我的俘虏不是我。

宣扬他……白白辛苦，
…………
是季德洛[①]让他翩翩起舞，
所以我的俘虏不是我。

---

① 法国芭蕾舞导演季德洛（1767—1837）于1823年1月在彼得堡演出根据普希金长诗《高加索俘虏》改编的芭蕾舞剧，此诗即为此而写作。

*　*　*

嘴在微笑，眼睛在微笑

*　*　*

告诉我，是不是我发现了你
在一群羞羞答答的女友当中，
是不是我和你的第一道目光相遇，
是不是我第一个和你结下友情？

*　*　*

里兹尼奇太太长着罗马人的鼻子，
长着俄罗斯人…………雷诺[1]。

---

① 法国商人雷诺之妻。

一八二四

（南方）

* * *[①]

一

肃立的卫兵在皇宫门前打盹，
北方的君主[②]独自在宫殿里沉思，
他精神抖擞，正在默默地思考，
统治世界的办法在加冕的脑袋里
　　聚集，一一出笼，
无声的奴役是他带给世界的馈赠。

二

君主对自己的大业也感到惊奇。
“这是德政呵。”他想，目光横扫着天下，

① 这首诗是在亚历山大一世参加 1822 年神圣同盟维罗纳会议回到俄国后写成的。当时以亚历山大一世为首的神圣同盟镇压了南欧的革命运动。
② 指亚历山大一世。

从台伯河[①]的波浪到维斯瓦[②]和涅瓦[③]，
从皇村的菩提树到直布罗陀的尖塔[④]，
　　都默默地等待着打击，
全都匍匐着，在重轭下低头屈膝。

三

“大业告成了！”他说，“世界各民族
欢呼伟大偶像[⑤]的倒台才过了多久，
…………
…………
…………

四

“腐朽的欧罗巴猖狂了多少时候？
新的德意志胸中沸腾着希望，
奥地利风雨飘摇，那不勒斯在起义，
比利牛斯山那边人民安享
　　自由才多少时间，
难道专制制度只庇荫着北边？

---

① 台伯河在意大利，此处指意大利。
② 维斯瓦河在波兰，此处指波兰。
③ 涅瓦河，指俄国。
④ 直布罗陀的尖塔，指西班牙。
⑤ 指拿破仑。拿破仑在 1815 年滑铁卢战役中为英普联军所败，于同年 6 月 22 日宣布退位，被流放于圣赫勒拿岛。

五

“才多久——你们在哪里，首倡自由的人？
怎么样？去辩论，去捍卫天赋的人权吧，
哲人们，快去煽动那疯狂的人群——
那是恺撒——布鲁图在哪里？威严的雄辩家，
　　　吻俄国人的权杖吧，
都来吻那践踏过你们的铁蹄吧。”

六

他刚说完，眼前飘过一个无形的精灵，
飘过，消失了，又一次从身边飘过，
北方的君主不由得打了个寒颤，
他注视着宫殿的大门，好不困惑——
　　　响起夜半的枪炮声，
那不速之客①已在皇宫门前站定。

七

这就是那怪客②，那个上天的使者，
命运决定他要执行不可知的天意，
他是叛乱的“自由”的继承人和扼杀者，

---

① 指拿破仑。
② 指拿破仑。

连皇帝也要对着他鞠躬的骑士，
　　他是个冷酷的吸血鬼，
他是那消失得像梦像幽灵的皇帝。

八

无论是因无所事事而生的皱纹，
过早出现的白发，沉重的行动，
无论是紧皱的眉头下黯淡的目光，
都不能表明他是个被放逐的英雄，
　　饱尝寂寞的苦痛，
按照君主们的意旨被贬在大海中。

九

不，他那奇异、机灵、难以捉摸的目光
忽而投向远方，忽而变得威严无比，
闪耀得如同炮火，如同雷电，
他正处在强壮而英武的壮年时期，
　　在北方君主的面前，
这西方君主正对他虎视眈眈。

一〇

在奥斯特利茨原野上他正是这样，

他挥动巨手驱逐着北方的联军，
俄国人第一次面临覆灭，仓皇逃窜，
在蒂尔西特，他正是这样，神情严峻，
　　　带着和平与耻辱，
带着胜利的和约，让年轻的沙皇签署。

致达维多夫[①]

（对邀我经由海路同游克里米亚南岸的答复）

我的胖子亚里斯提卜[②]，不行，
虽然我喜欢你的言谈，
你可爱的脾气，可爱的鼾声，
你的爱好和油腻的午餐，
可我不能和你在一起
畅游南方塔夫里达的海岸。
巴克科斯[③]和塞浦律斯的宠儿，
我恳求您不要把我淡忘。
当年有些瘦弱的埃涅阿斯，
他那位患有肺病的父亲[④]
终于下决心出海去游历，
那位聪明的谄媚者贺拉斯

---

① 亚·里·达维多夫（1773—1833），十二月党人瓦·里·达维多夫的哥哥，他奉行享乐的人生哲学。这次旅行是由诺沃罗西省总督沃隆佐夫组织的，未邀请普希金。
② 亚里斯提卜，古希腊哲学家。此处指达维多夫。
③ 罗马神话中的酒神。
④ 指古罗马诗人维吉尔，为创作史诗《埃涅阿斯纪》，曾到希腊、亚洲等地考察。

曾向他送去庄严的颂诗，
这奥古斯都的歌手[①]还向知己
预报了会有晴朗的天气。
可是我不会写谄媚的颂诗；
你也未患肺病，感谢上帝：
我只祈求上苍赐给你
一路上都有良好的食欲。

① 古罗马诗人贺拉斯曾写诗颂扬奥古斯都大帝的政权。

普洛塞耳皮那[①]

弗列格顿河[②]浪花飞溅，
塔耳塔洛斯[③]拱门在战栗：
可怜的普路同[④]的坐骑
从冥王的阴曹那里
向别里昂的仙女们[⑤]驰去。
普洛塞耳皮那跟在后面，
神情冷漠而妒忌，
沿着荒凉的河湾，
在同一条道路上飞驰。
一个青年怯生生地
跪落在冥后的跟前。
女神们也喜欢偷情：

---

① 罗马神话中的冥后。这首诗是法国诗人巴尔尼的《维纳斯变形记》第 17 景的意译。
② 希腊神话中的冥河。
③ 希腊神话中的地狱。
④ 罗马神话中的冥王。
⑤ 指希腊神话中的山林水泽女神。别里昂是希腊的一座山。

这凡人让普洛塞耳皮那喜欢。
这地狱里高傲的王后
向青年飞去媚眼，
接着拥抱他，马车
载着他们急急回还。
飞驰着，腾云驾雾；
欣赏着常青的草原、
乐土和潺湲的忘川上
悄无声息的两岸。
那里有永生，那里有遗忘，
那里的欢乐没有边。
普洛塞耳皮那心醉神迷，
她卸下红袍和花冠，
任意放纵着情欲，
把平日掩蔽的美色
都献给他的热吻，
她沉浸在销魂的欢乐中，
默默无言，只懒懒地呻吟……
然而，良宵易逝；
弗列格顿河浪花飞溅，
塔耳塔洛斯拱门在战栗，
苍白的普路同的坐骑
急急地载着他回还。
刻瑞斯[①]的女儿出来，

① 罗马神话中的谷物女神。刻瑞斯的女儿即普洛塞耳皮那。

顺着一条隐秘的小路，
带着这个幸运儿，
把他送出这乐土。
于是幸运儿小心地
打开这地狱之门，
这时，就从大门里
飞出一串虚幻的梦。

* * *

一切都结束了：我们没有缘分。
我最后一次抱住你的双膝，
嘴里吐出柔肠寸断的怨言。
一切都结束了：我听着你回答的话语。
我不愿再一次把自己欺骗，
我也不再用忧愁使你苦恼，
也许我将把过去的事遗忘——
爱情原不是为我而创造。
你还年轻：你的心灵是如此美丽，
以后会有许多人钟情于你。

* * *

你负有什么使命，是谁将你派遣？
你要忠实地实现的是什么，善还是恶？
　　你为何黯淡，又为何灿烂，
　　你这大地的奇异造访者？

书生们预测大势，帝王们心惊胆战，
　　民众面对他们而躁动，
被剥去伪装的圣坛已经四壁萧然，
　　争取自由的风暴在汹涌。

它风起云涌，人们倒在灰烬与血泊里，
　　陈旧的法典被彻底推翻，
出现了命运的主宰①，奴隶们又销声匿迹，
　　刀剑和锁链响成一片。

① 指拿破仑。

人们在公然寻欢作乐，
面对这世道人人丧气，
为权力有的人忘却祖国，
为金钱兄弟出卖兄弟。
疯子在狂叫：没有自由，
人民竟然盲目地接受。
在他们的嘴里，善恶一个样，
全都化为无形的泡影，
一切都成了过眼烟云，
像山谷里的灰沙遭遇大风。

致海船[①]

海上展翅飞翔的美人！
我在呼唤你——航行吧，航行吧！
请保护这无价之宝，我将
祈祷、希望和爱情向你抵押。
风啊，请你用清晨的气息
鼓满这片幸福的风帆，
别用波浪的猛烈颠簸
让她的胸部受到损伤。

① 此诗与诺沃罗西省总督沃隆佐夫之妻伊·克·沃隆佐娃1824年6月乘船去克里米亚有关。

* * *[1]

啊，田野、树林和山峦的温文诸神，
我那羞怯的阿波罗喜欢听你们的谈论，
在你们中间我找到一位年轻的缪斯，
她是陪伴我度日的女友，她天真而朴实，
某些地方她也很可爱，不是吗，朋友们？
而且我这位任性而富有魅力的女神
就像一阵轻风，或者金色的蜜蜂，
或一个匆忙的亲吻，不断飞到西，飞到东
…………

① 此诗未完成。

* * *[①]

半个英国贵族，半个商人买办，
半个贤明圣人，半个无知之辈，
半个是伪君子，但是很有希望，
他的伪善终将变得十分完美。

① 此诗讽刺沃隆佐夫，他是普希金流放至敖德萨时的上司。

* * *[1]

歌手大卫虽长得矮小[2]，
可他还是撂倒了歌利亚[3]，
那高大的勇士也是个将军，
我确信他不比一个伯爵差。

① 这是一首针对诺沃罗西省总督沃隆佐夫的讽刺短诗。

② 普希金自比《圣经》中的大卫，“长得矮小”有两层意思：一是普希金身材矮小，二是他的职务比沃隆佐夫低得多。

③ 歌利亚是《圣经》中的勇士，身材高大，但被大卫所杀。

* * *[1]

爱的小屋，它永远荡漾着
幽暗而湿润的凉爽气息，
那里滚滚而来的浪涛
发出的绵长喧嚣从不休止。

① 这是一首诗的草稿。

一八二四

（米海洛夫村）

致沃尔夫[①]函摘抄

你好，沃尔夫，我的朋友！
冬天请来我这里，
还有诗人雅泽科夫[②]，
也请拉他来欢聚，
让我们骑马去郊游，
让我们用手枪射击。
我的鬈毛兄弟莱昂
（他不是米海洛夫村的管事），
会给我们带来好宝贝……
什么？——整整一箱的佳醴。
让我们开怀畅饮，别作声！
妙极了，这就是隐士的日子！
在三山村痛饮到深夜，

---

① 1824 年普希金被流放到普斯科夫省的米海洛夫村，他常去邻近的三山村女地主普·亚·奥西波娃家。阿·尼·沃尔夫是奥西波娃的儿子，当时在杰尔普特（今塔尔图）大学读书。

② 雅泽科夫（1803—1846），俄国诗人，当时是沃尔夫的同学。

在米海洛夫村到晨光熹微；

把白天献给爱情，

夜晚是酒樽的天地，

我们要喝得大醉酩酊，

我们要爱得活来死去。

致雅泽科夫[①]

(米海洛夫村，1824)

自古以来，诗人们之间
总是结下美好的情谊：
同一种火焰激动着他们；
他们都献身于同一个缪斯；
他们的命运各各不同，
但在灵感上，他们是亲人。
我向奥维德的神灵起誓：
雅泽科夫，我的心和你很亲近。
我早就该在一天早晨，
走上通往杰尔普特的途程，
带上我那沉重的手杖，
跨进你那盛情的大门，
想到那几天快乐的相处，
我们随便而热烈的交谈，

① 这首诗是写给诗人雅泽科夫的。当时雅泽科夫和阿·尼·沃尔夫同在杰尔普特大学读书。普希金是在 1826 年雅泽科夫来到三山村时和他结识的。

还有你音调铿锵的诗句，
我回来时定会兴奋异常。
但命运恶意地把我戏弄，
我早就没有了栖身之屋，
只任凭专制意向的调动，
睡着了，也不知醒来在何处。
我时刻遭到迫害，如今
在放逐中苦度幽禁的生活。
诗人哪，请答应我的邀请，
别使我的热望遭到冷落。
我在乡下等候你。彼得的养子，
历代皇帝喜爱的奴仆，
曾被他们抛弃的亲人，
那黑人，我的外曾祖父①
曾在这里隐居。在这里，
他忘记了伊丽莎白女皇
辉煌的宫廷和慷慨的许诺，
在浓荫蔽日的菩提小径上，
在他对一切都淡漠的年岁，
怀念着远方非洲的故乡。
我等着你。等到那时候，
你会发现有一个浪荡汉，
我同一血缘和心灵的兄弟，

① 指普希金的外曾祖父阿勃拉姆·彼得罗维奇·汉尼拔，原是黑人，被拐卖，彼得大帝将他收为养子，曾是彼得大帝的宠臣。米海洛夫村是伊丽莎白女皇赐给汉尼拔的领地。

拥抱你我，在乡下的庭院，
那个缪斯的崇高的代言人，
我们的杰尔维格会赶来会面。
我们三个人将一起赞美
这个流放地的阴暗房间。
我们将避开卫兵的耳目，
热烈赞颂自由的赠与，
我们将再次饮酒作乐，
重温青年时代的乐趣，
我们要让朋友们倾听
酒杯和诗歌的铿锵声音，
我们要用美酒和歌曲
赶走冬天傍晚的忧闷。

书商和诗人的谈话[①]

书　商

写诗对于您不过是消遣，
您只要坐一会儿就能写成，
您的声名马上就广为传播，
这喜讯立即就不胫而行：
都在说，一首长诗写就了，
那是最近精心构思的成果。
请您决定吧，我等您一句话：
您自己给它定一个价格。
我们立刻就用卢布来换取
诗神的宠儿写出的诗篇，
我们会把您的一页页手稿
变成一把可观的现款……
您为什么这样深深地叹息？

---

① 此诗最初作为《叶甫盖尼·奥涅金》第 1 章的序诗发表。

能不能赐教？

诗　人

　　　　　　我在把往事回想：
我想起了从前那个时候，
那时我心里充满了希望，
我这个快乐的诗人，写诗
是出于灵感，而不是为了金钱。
我仿佛又看到悬崖旁的住处
和那幽暗而孤寂的家园，
在那里，我摆下幻想的华筵，
常常请诗神缪斯来赏光，
在那里，我的声音显得更悦耳，
在那里，一些鲜明的形象
在夜晚灵感来临的时刻，
显出难以形容的美好，
久久地萦绕在我的头上！……
百花盛开的田野、月亮的银辉、
残破教堂里萧萧的风雨声、
老妈妈讲述的奇妙故事，
一切都激动着我柔弱的心灵。
一个恶魔强行占据了
我的闲暇，指挥我的游戏；
它到处跟在我后面飞行，
对我发出奇妙的低语，

于是我的头充满了一种
令人难堪的火热的病痛；
脑子里产生了奇妙的幻想；
我那些得心应手的歌咏
便以整齐的节奏涌出，
并且和着铿锵的脚韵。
在音韵上能和我相比的只有
森林的喧响，或者是狂风，
或者是黄鹂婉转的歌唱，
或者是潺湲小溪的絮语，
或者是夜晚大海的涛声。
那时候，我默默无言地创作，
不愿意让那些无知的庸才
分享我火焰一般的喜悦，
我没有辱没缪斯赠与的
天赋，拿它做可耻的买卖；
我像个守财奴守护着它；
就像一个痴心的少年
默默无言而又骄傲地
守护着妙龄情人的礼物，
不让虚伪的世人看见。

书　商

但您的声名已给您带来
快乐，实现了您隐秘的心愿：

您的作品已广为流传，
而同时，那些陈腐的诗文
却覆盖着灰尘，原封未动，
枉然等待着它们的读者，
和那充满戏谑的称颂。

诗　人

这样的人该多么幸福：他要是
能保守心灵崇高的创造，
躲开人们如躲开坟场，
不期望感情得到酬报！
这样的人该多么幸福：做一个
沉默的诗人，不为声名所纠缠，
被那些可鄙的庸人遗忘，
默默无闻地离开人间！
比希望的幻梦更能骗人，
什么是声名？是读者的低语？
还是无知小人的攻讦，
还是庸碌之辈的赞许？

书　商

洛德·拜伦也有这种想法，
茹科夫斯基也这样说过，
但世人还是了解并买光

他们音韵优美的创作。
您的命运真值得羡慕：
诗人可以歌颂，可以揭露，
还可以用永恒的利箭惩治
遥远后世中的奸恶之徒；
他可以让英雄感到快乐，
把自己的恋人和科林娜①一起
飘然携上基菲拉②的宝座
你们把赞美看成可厌的聒噪，
但女人的心却喜爱虚荣：
为她们写作吧，她们的耳朵
喜欢听阿那克里翁的赞颂：
在青春年华，我们把玫瑰③
看得比赫利孔山的月桂更可贵。

诗　人

那些充满虚荣心的幻想，
不过是狂热青春的慰藉！
我也曾在旋风般的扰攘生活中
追求过美人明眸的一瞥。
那秀眼读过我的诗篇，
满含着情意绵绵的微笑；

---

① 古罗马诗人奥维德所歌颂的美人。
② 希腊神话中爱与美的女神阿佛洛狄忒的别名。
③ 指爱情。

那迷人的樱唇轻轻地对我
吟诵我那优美的诗稿……
但是够了！幻想家已经
不肯为她们把自由牺牲，
让那些大自然娇养的宠儿，
让那些青年去歌唱她们。
但她们和我有什么关系？
我的生活在默默地流向荒原，
我忠实的诗琴发出的怨诉
已不能打动她们轻浮的心弦。
她们的幻想并不单纯，
她们并不能理解我们，
神的幻影、诗歌的灵感，
她们都感到好笑和陌生。
有时头脑里不由自主地
浮现出为她们引发的诗篇，
我不由得脸红，心隐隐作痛：
我为我的偶像感到羞惭。
我这不幸的人追求的是什么？
在谁面前我辱没自己的心智？
我用纯洁心灵的满腔热情
去歌颂谁才不感到羞愧？……

书　商

我欣赏您的激愤，这才是诗人！

不知道您为什么如此感慨，
但是难道说在那么多的
可爱女人中就没有个例外？
难道没有一个值得您
为她献上灵感和热情？
难道没有一个能以她
绝色的美貌赢得您的歌咏？
您怎么沉默了？

诗　人

　　　　　　为什么要拿
沉重的梦魇来扰乱诗人的心？
它会徒然折磨诗人的记忆。
怎么？这还要世人费神？
所有的人都抛弃了我！……我的心
可曾留下一个难忘的影像？
难道我尝受过爱情的欢乐？
难道我曾为长久的怀想
所苦恼，悄悄地咽下眼泪？
哪里有一位美貌的小姐
用蓝天般的碧眼对我微笑？
我的一生难道只是一两个黑夜？……
…………
那又怎么样？爱情的悲叹
已令人厌倦，我的话语

只不过是狂人古怪的唠叨。
只有一颗心懂得它的意义，
那颗心也在悲哀地颤抖：
这是命中注定，难以回避。
啊，只要我想起那颗凋萎的心，
就可以复苏青春的活力，
从前诗情中翩翩的幻梦
也会被重新成群地唤起！……
只有这颗心才能理解
我那朦朦胧胧的诗情，
只有它才能在我的心中
燃起爱情的圣洁明灯！
唉，这都是一些枉然的空想！
它已经拒绝我心中发出的
呼吁、恳求和苦苦的思念：
就像天上的神灵一样，
它无需尘世热烈的情感！……

书　商

这么说，您已饱受爱情的折磨，
对人们的窃窃私语也感到憎恨，
您想要早日放下您那
充满激情和灵感的诗琴。
如今，您离开嘈杂的社交界，
离开缪斯和轻浮的潮流，

您究竟选择了什么？

诗　人

自由。

书　商

好极了。我有一言奉告，
请听我一句金玉良言：
这时代只讲买卖，这铁的时代
没有钱就与自由无缘。
什么叫名声？那不过是诗人
破衣烂衫上鲜艳的补丁，
一辈子埋头积攒黄金吧，
我们要的是黄金、黄金、黄金！
我早就知道您会反对，
但我对您深有了解，先生：
您很珍爱自己的创作，
因为在您的创作热情中
沸腾、激荡着您的幻想；
可是幻想一旦枯竭，那时
您的作品也就等于零。
请恕我坦率奉告一句：
灵感，它可是不能卖钱，
但可以拿手稿做一笔交易。

有什么值得迟疑？急性子的
读者早已在打听消息，
报刊编辑和饥饿的诗人
都围着我的书店乱转：
有的要为讽刺诗找养料，
有的要欣赏，有的要评判；
我坦白承认——您的诗稿
将会让我赚一笔大钱。

诗　人

您说得很对。这就是我的手稿。
就这样成交。

致大海

别了，自由的大自然造物！
这是最后一次在我面前
显示你浩瀚雄伟的美景，
翻动你那蓝色的波澜。

这是我最后一次谛听
你沉郁的喧嚷、召唤的呼喊，
像谛听朋友悲戚的怨诉、
在告别时刻发出的呼唤。

你是我心中向往的境界！
我为一个隐秘的思想而痛苦，
默默无言、愁眉不展地
经常在你的岸边踯躅！

我多么喜欢你的回声、
你深沉的轰鸣、来自海底的喧嚣、

你在傍晚时分的寂静
和那变化无常的怒涛！

渔夫们那些普通的帆船，
在你变幻莫测的波涛上航行，
它们在勇敢地破浪前进：
但你发起怒来就无法制服，
成群的船舶会在你腹中葬身。

至今我还不能永远离开
你这枯燥静止的海岸，
不能欢天喜地地向你庆贺，
我这诗人的逃亡还不能
在波涛汹涌的海面上实现！

你等待着，召唤着……可我不自由，
我的心灵徒然地挣扎：
我被一种强烈的情感所主宰，
于是我就在岸边留下……

有什么可惋惜的？如今哪里有
我的无忧无愁的途程？
在你广漠的海面上，只有一件事
也许能够震动我的心。

一座悬崖，一座光荣的坟墓……

那些动人心魄的回忆
正沉没在死气沉沉的睡梦中：
拿破仑就在那里逝去。

在那里，他正在痛苦中长眠。
紧接在他后面，另一位天才①
像暴风雨的呼啸也离开了我们，
那是我们思想上的另一位主宰。

他曾为失去自由而痛哭，
如今逝去了，把桂冠留在世上，
咆哮吧，掀起惊涛骇浪吧，
啊，大海，他曾经为你歌唱。

在他身上体现了你的形象，
你的精气塑造了这位诗人，
他像你一样威严、深沉而阴郁，
也和你一样桀骜不驯。

世界空虚了……啊，海洋，
你现在要把我带到何方？
人们的命运到处都一样：
无论是文明，无论是暴君，
哪里有幸福，哪里就有人守望。

---

① 指英国诗人拜伦，他于1824年4月19日逝世。

别了，大海！我不会忘记
你那庄严美丽的景象，
我将久久地、久久地倾听
你在黄昏时分发出的轰响。

我将永远怀念你，我要把
你的悬崖和你的海湾、
你的光和影、波浪的絮语
带进森林，带进无言的荒原。

阴　险[1]

当你的朋友对你的话语
报以不屑一顾的沉默，
当他从你的手中颤抖着
抽回自己的手，像碰到一条蛇，
当他用尖锐的目光盯着你，
带着鄙薄的神气摇摇头，
你别说："他有病，他还年轻，
他苦恼，正发疯一般发愁。"
你别说："这个人忘恩负义，
他懦弱、恶毒，不配做朋友，
他的一生就是一场噩梦。"……
难道你就对了？心里就好受？
果真是这样，他会向你下跪，
请求朋友原谅，消解冤仇。

① 这首诗是针对亚·拉耶夫斯基而写的，因为他传播普希金和沃隆佐娃的桃色新闻。

但如果你利用友谊的神圣权利
对他进行恶毒的报复，
但如果你处心积虑挖苦他，
让他那脆弱的心遭受痛苦，
在他的烦恼、痛哭和屈辱中
寻找使你眉飞色舞的乐趣，
但如果你成为无形的回声
传播有关他的流言蜚语，
但如果你给他套上锁链，
狞笑着把梦中的人出卖给仇敌，
而他终于用痛心疾首的目光
看穿你内心的一切隐秘，
那时你就不必再说废话，
等着你的只是最后的惩罚。

致巴赫奇萨拉伊泪泉

爱情的泪泉，生命的泪泉！
我给你献上两朵玫瑰，
我爱你永不休止的絮语，
我爱你充满诗情的泪水。

你那银白色的蒙蒙细雾，
像寒露一样洒在我身上，
啊，涌吧，涌吧，欢乐的泪泉！
把往事对我轻轻地歌唱……

爱情的泪泉，悲伤的泪泉！
我问过你这大理石的建筑：
我见过对这远方国度的赞美，
但玛丽亚[①]的遭遇你却不肯吐露……

① 传说玛丽亚是波兰公主，被鞑靼人的可汗吉利虏获。吉利对她产生了爱情，吉利的妃子莎莱玛出于忌妒，害死了玛丽亚。吉利在巴赫奇萨拉伊宫建造了一座泪泉以纪念玛丽亚。普希金曾以同一题材写作一首长篇叙事诗《巴赫奇萨拉伊泪泉》。

你这后宫黯淡的星星啊！
难道你已经把往事遗忘？
莫非玛丽亚和那莎莱玛
只是幻想中的两个形象？

也许这只是一个虚幻的梦，
在空漠的黑暗之中绘出
两个瞬息即逝的幻影，
心灵中朦胧的理想人物？

葡　萄

我再不怜惜娇艳的玫瑰，
它已随着短暂的春天凋萎；
我喜爱藤蔓上结成的葡萄，
在山下成熟，果实累累，
它是肥沃山谷的美玉，
它是金色秋天的欣喜，
一颗颗珠圆玉润，晶莹透明，
犹如少女娇嫩的手指。

* * *

啊，我失去了自由，玫瑰姑娘，
但面对你的牢笼我并不羞愧，
犹如百鸟之中的歌王，
那歌手夜莺面对月桂；
在骄傲而美艳的玫瑰身旁，
它被囚禁在甜蜜的牢笼，
在充满情欲的幽暗夜色中，
为玫瑰而柔肠百转地歌唱。

* * *

夜晚的微风
在空中轻轻地吹。
瓜达尔基维尔河①
　涛声哗哗，
　奔腾不息。
金色的月亮升上了天空，
小声些……嘘……吉他的音响……
你瞧，一个西班牙女郎
倚着栏杆站在阳台上。

　　夜晚的微风
　　在空中轻轻地吹。
　　瓜达尔基维尔河
　　　涛声哗哗，
　　　奔腾不息。

① 西班牙的河流。

摘下面纱吧，可爱的天使，
露出你灿烂阳光般的脸蛋！
把你那令人销魂的小脚
伸到铁铸的栏杆外面！

　　夜晚的微风
　　在空中轻轻地吹。
　　瓜达尔基维尔河
　　　涛声哗哗，
　　　奔腾不息。

* * *

阴雨的白天昏暗了；雨夜的阴霾
正布满天空，像一袭铅灰色的外衣；
在松林的背后，一轮朦胧的月亮
　　像幽灵缓缓地升起……
一切给我的心灵带来了郁郁的忧伤。
远处，月亮冉冉升起，放射着光芒；
那里空气中充满了夜晚的温馨；
那里，在蔚蓝色的天空底下，
　　大海翻滚着波浪……
这时候，她正沿着小径从山上走下
被哗哗喧响的浪涛淹没的海岸；
　　那里，在隐秘的峭壁下
她独自一人坐着，愁容满面……
她独自一人……没有人对她哭泣、悲伤；
朦胧中没有人在她的双膝上亲吻爱抚；
她独自一人……没让任何人亲吻
她的肩膀、湿润的嘴唇、雪白的胸脯。

…………

…………

…………

没有人配得上她那天庭般的爱心。

不是吗：你孤独……你哭泣……我却平静；

…………

但如果…………

仿《古兰经》①

（献给普·亚·奥西波娃）

一

我起誓，凭成对的与未成对的，
我起誓，凭宝剑和正义的战斗，
我起誓，凭着黎明的星辰，
我起誓，凭着晚间的祈求②：

不，我不会把你抛弃。
是谁的头受到我的喜爱，
我把他带进宁静的处所，
并躲开严密监视的迫害？

---

① 穆罕默德写道：（见《奖赏章》*）“不信道者认为，《古兰经》是新的谎言和老的寓言的汇编。”这些不信道者的见解当然是公正的；虽然如此，《古兰经》中的许多道德方面的真理却是以非常有力、诗意盎然的方式表述出来的。这里提供若干篇自由的仿作。原作中安拉处处以自己的名义叙说，关于穆罕默德则用第二人称或第三人称。——原注

* 《古兰经》中并无《奖赏章》，这句经文也无处可寻，因此由本书译者译出。

② 在《古兰经》的其他地方，安拉以马蹄、无花果、麦加的自由、美德与罪孽天使与人等起誓，《古兰经》中此类说法处处可以见到。——原注

难道不是我在干渴的日子
让你畅饮荒漠的泉水？
难道不是我赋予你的舌头
以驾驭心智的强大能力？

振作起来吧，蔑视欺瞒，
精神百倍走上真理之路，
怜爱孤儿，把我的《古兰经》
向懦弱的生灵昭示传布。

二

啊，先知的纯洁的妻妾，
你们不同于别人的妻女：
连罪恶的影子你们也要远避。
宁静中生活甜蜜而美好，
举止要端庄持重，要戴上
未婚少女使用的面罩。
在合法而羞人的欢愉之中，
要谨守纯洁而忠诚的心智，
别让渎神的人拿狡黠的眼睛
把你们清白的面容窥视。

啊，你们，穆罕默德的客人，
当你们到他那里去领受晚餐，
你们不要以世俗的浮华

去打扰我的先知，使他难堪。
在虔诚的信念正当升华之时，
他不喜欢那花言巧语的人，
不喜欢浮艳和空洞的言词：
用谦恭的态度尊重他的酒宴，
对他那些年轻的女奴
也要礼貌相待，不怀邪念。①

三

听到有盲人向他走近，
先知皱起眉头，手足无措②：
他溜走，这罪人不敢向他
流露自己心头的疑惑。

先知啊，我赐予你天经的抄本，
不是为了开导顽固的人；
从容地宣扬《古兰经》的教义吧，
但不要强求渎神的人信神！

人凭什么要妄自尊大？
是不是因为赤裸裸来到人世，

---

① 安拉又说“我的先知不会向我们指明这点，因为他总是彬彬有礼、谦虚恭谨，而我则无须对你们这般拘谨”等等。阿拉伯人的忌妒在这些信条中处处可见。——原注
② 引自《盲人》。——原注

是不是因为生命短暂，
死去和诞生时一样软弱无力？

是不是因为真主凭他的意旨
能使他死去，也能使他复生？
因为真主从天上保佑他，
使他享有欢乐，也遭到苦痛？

是不是因为真主祝福
他的劳动、山冈、土地和果园，
让他收获累累的果实，
有粮食、有海枣，还有橄榄？

但天使两度吹响喇叭，
天上的雷神鸣响雷霆：
弟兄们将要互相抛弃，
孩子也要断然离开母亲。

所有的人都要来到真主面前，
由于恐惧而丑态百出；
那渎神的人将要沦亡，
在火焰和灰烬中受尽痛苦。

四

啊，全能的真主，在古代

有一个能人，他妄自尊大，
认为可以和你较量一番，
可是，真主啊，你制服了他。
你说："我赋予世界以生命，
我用死亡去惩罚大地，
世上万物都服从我的意旨。"
他说："我也赋予世界以生命，
我也用死亡惩罚大地：
真主啊，我和你难分高低。"
可是你一句愤怒的话语
便叫这狂妄的人哑口无言：
"我从东方举起了太阳，
请你举起它，来个日出西山。"

五

大地凝然不动，造物主啊，
是你擎起了圆顶的穹苍，
不让它落在海洋和陆地，
不让它压在我们的身上。①
你在宇宙间燃起了太阳，
让它普照天空和大地，
犹如蘸饱橄榄油的亚麻
在水晶灯里大放光辉。

① 拙劣的物理学，却是多大胆的诗。——原注

向造物主祈祷吧；他是全能的；
他主管风向；在酷热的天气
他能让天空布满乌云，
他还把树荫赐予大地。

他是至慈的，他向穆罕默德
指点光辉的《古兰经》的秘密，
让我们一起去追求光明，
迷雾会从我们眼前退去。

六

我并非偶然梦见你们
剃着光头投入了战斗，
手执鲜血淋漓的利剑，
战斗在战壕、城墙和塔楼。

啊，炎热的荒漠的子孙，
请听我充满喜悦的呼喊！
快去俘虏年轻的女奴，
战利品大家都可以分沾！

你们胜利了，荣耀归于你们，
把耻笑留给贪生怕死的人。
他们不响应战斗的召唤，
他们不相信神奇的梦魂。

他们都眼红于虏获的战利品，
如今他们都懊悔莫及，
纷纷请求：带我们去战斗吧；
可你们都会回答：滚回去。

在战斗中倒下的人有福了：
现在他们都进入了伊甸园，
个个沉浸在无尽的欢乐里，
没有什么能使他们遗憾。

七

起来吧，胆小鬼：
有一盏神灯
在你的岩洞里，
点燃到天明。
用真诚的祷告，
先知啊，驱散
你心中的忧愁
和荒诞的梦幻！
要通宵达旦
谦卑地祷告；
要诵读天经
一直到拂晓！

八

面临着清贫，可别出卖良心，

施舍自己的钱物不能够吝惜：
天庭喜欢的是慷慨行善的作为。
在可怕的审判日，犹如肥沃的土地，
　　啊，幸运的播种者，
它会百倍地偿还你付出的劳力。

可是如果你吝惜耕作的收获，
总是把你那贪婪的手紧紧握住，
对穷人你舍不得周济布施，
那么，你的施舍就像一把尘土
　　被大雨从岩石上冲掉，
不复存在，真主不喜欢这样的礼物。

九

困倦的旅人对真主抱怨频频：
他口渴难忍，渴望一片清荫。
三天三夜他在荒漠里迷失道路，
暑热和沙土使他的双眼备受痛苦，
他环顾四周，怀着无望的隐痛，
突然发现棕榈树下有一口古井。

他急忙奔向那棵荒野的棕榈。
饥渴难忍地用那清凉的井水
湿润火烧火燎的舌头和眼睛，
他躺下，在忠实的驴子旁边进入梦境——

按照天地主宰者的最高意旨，
许多岁月从他的身旁匆匆流逝。

旅人苏醒的时刻终于来临；
他站起来听见一个陌生人的声音：
“你是否在荒漠酣睡了许多时辰？”
于是他回答：“我入睡在昨天早晨，
当时太阳已在天空高高照耀，
我酣睡了一天一夜，从昨晨到今朝。”

那声音说：“啊，旅人，你睡得更久，
你瞧： 你睡下时还年轻，如今已是老头，
棕榈已腐烂，在干旱的荒漠中间，
那口冰冷的古井也干得底朝天，
上面覆盖着层层荒野的沙土，
你那头驴子也只剩一堆白骨。”
转瞬成了老头的旅人痛苦不堪，
他垂下战栗的白头，老泪涟涟……
这时荒漠上出现了一幕奇迹：
复苏的旧貌变得更加旖旎，
棕榈葱郁的密叶又婆娑起舞，
古井又变得幽暗清凉如初。

驴子的枯骨站起来，恢复了常态，
完善了血肉之身，鸣叫起来；
旅人又感到充满活力与欢欣，

复苏的青春在血液中搏动奔腾，
他胸中怀着神圣的欢悦感奋之情，
在真主的保佑下踏上新的旅程。

* * *[①]

你憔悴而沉默，悲伤在咬噬着你，
在你少女的唇边笑容已经失去。
你的绣花针早已停止刺绣，图案
不再展现异彩，你喜欢默默无言，
独自悲伤。啊，我了解少女的苦衷，
我这双眼睛早已洞穿你的心灵。
你无须隐瞒爱情：我们都在恋爱，
可爱的少女啊，爱情正激动你的心怀。
青年们多幸福！但告诉我，那翩翩少年
是谁？他鬈发乌黑，眼睛浅蓝……
你为何脸红？我暂时保守秘密，
但我洞察秋毫，只要我愿意，
我能叫出他的名字。不是他常转悠
在你家的四周，眼睛望着你的窗口？

① 这首诗是法国诗人安德烈·谢尼埃《少女啊，你的心想对我们沉默》一诗的意译。

你暗中等着他。他走了，你追出去，
躲在一旁，久久地追随他的踪迹。
在阳光明媚的五月欢乐节日里，
在川流不息的豪华马车间飞驰，
有哪个年轻人不会凭他的兴致
更潇洒豪爽地驱策他飞奔的马匹？

致恰达耶夫[①]

（寄自塔夫里达海岸）

何须提出这样理智的疑问？[②]
我相信：那森严的神庙就在这里，
祭祀的供品曾烟气弥漫，
供奉那些嗜血的神祇；
狂暴的欧墨尼得斯[③]在这里
平息了她胸中的敌意：
塔夫里达的女祭司在这里

---

① 这首诗写于 1824 年，但发表时标明写于 1820 年，似乎是在克里米亚狄安娜神庙的遗址上写出这首诗的。

② 伊·米·穆拉维约夫-阿波斯托尔在《塔夫里达游记》中提出疑问，认为狄安娜神庙不在格奥尔基耶夫修道院海岬上。《游记》写于 1823 年，普希金于 1824 年读过这本书。

③ 希腊神话中的复仇女神。这一节诗写的是一段希腊神话故事：迈锡尼国王阿伽门农的儿子俄瑞斯忒斯为报父仇杀死了母亲及其情夫，因此激怒复仇女神欧墨尼得斯，他只有盗走克里米亚的月亮女神阿耳忒弥斯（即罗马神话中的狄安娜）的雕像才能平息复仇女神的愤怒。俄瑞斯忒斯同他的朋友皮拉得斯一同前往，不幸被捕，俄瑞斯忒斯将被处死，皮拉得斯欲代他受刑，两人相持不下。这时俄瑞斯忒斯的姐姐伊菲革涅亚被派去行刑，临刑时她认出即将被处死的弟弟俄瑞斯忒斯，于是三人一同逃走。本诗第 7 行的“塔夫里达的女祭司”即指伊菲革涅亚。第 9 行的“友谊”指俄瑞斯忒斯和皮拉得斯的刎颈之交，暗指普希金同恰达耶夫的友谊。

差点儿杀害她的亲兄弟；
友谊在这片神庙的废墟上
曾经取得神圣的胜利，
创造了伟大心灵的神祇
也为自己的造物而欣喜。
…………
恰达耶夫，你还记得那件往事，①
曾几何时我怀着年轻人的狂喜
设想过将那宿命的姓名
郑重地献给另一片废墟？
但在这被风暴平息的心里，
如今只有慵懒与静谧，
于是我怀着激动的心情，
在这块纪念友谊的岩石上，
写下我们两人的名字。

---

① 指普希金 1818 年写的《致恰达耶夫（爱情、希望和令人快慰的声誉）》一诗。

狂　风[1]

可怕的狂风啊，你为什么
把河边的芦苇吹向山谷？
你为什么把云彩驱往
遥远的天边，是这么愤怒？

不久以前，黑压压的乌云
还密密地布满整个天空，
不久以前，山上的橡树
还高傲地展示美丽的姿容……

但是你吹起来了，你在咆哮，
夹着雷鸣电闪，威震四处，
驱走了天上滚滚的乌云，

① 这首诗是根据克雷洛夫寓言《橡树和芦苇》的情节写出的，但已赋予另一种寓意。普希金在1830年的誊写稿上注明写于1824年，这个日期可能是有意掩盖诗的用意。这首诗可能写于1825年，在得悉亚历山大一世死讯后写成。

拔起了山上庄严的橡树。

但愿太阳光辉的面容
能从此放射出欢乐的光芒，
金风吹拂，把云彩戏弄，
芦苇在河边轻轻地摇晃。

* * *

纵使我赢得美人儿的真心爱情，
在神圣的小金饰里珍藏着她的芳影
和秘密书信——长期磨难的奖赏，
但当我苦度分离之后的孤寂时光，
又有什么能愉悦我的双眼，
就是心上人给我的唯一温暖，
郁郁愁肠的慰藉，信誓旦旦的保证，
也难医治这狂热无望的爱的伤痛。

再致书刊检查官函[①]

季姆科夫斯基靠不住的生涯的继承人！
请允许我拥抱你，从前我们有过争论。
不久前严酷的检查逼得我无法生活，
我最后的一点权利也被无情地剥夺，
我和所有的同行都受到欺压，
一怒之下我对你说了些难听的话，
发泄了粗暴的脾气，骂一通，出了气，
但请你原谅，我实在是气愤已极。
如今，我在这僻静的乡下撕着杂志，
品评着可怜的同行们的一些歪诗
（现在我有兴趣和闲暇读读报刊），
我感到惊喜，在其中突然发现
你有些新的思想方法和规矩！

① 这首诗曾以手抄本广为传播。国民教育部大臣戈利岑的免职和希什科夫的就任（书刊检查机关隶属国民教育部）引起普希金写这首诗。希什科夫曾上书反对书刊检查机关吹毛求疵，因此普希金寄希望于更换国民教育部大臣，然而希什科夫于1826年发布了所谓“铁的”书刊检查条例，赋予书刊检查机关胡作非为的无边权利，情况比以前更糟。

好极了！凭着果断的秉性，大胆的思维，
你已经为自己赢得一顶桂冠。
连诗歌女神都会为之惊叹，
当你出于令人惊奇的宏大恩典，
竟允许用奇妙的、天庭的等神圣字眼
形容美人（哪怕只为了押韵），
而不怕亵渎我主基督的圣灵！①
请问，究竟是什么使你突然改变，
是什么制服了你秉性的骄横傲慢？
虽然我很喜欢过去的那封信函，②
虽然我知道你读了那抱怨的信件，
但刺激你一下，我很为你的改变
感到惊奇，我不敢再骄傲自满。
按规定和你打交道是我分内的事，
我怎能纠正你的过失？不，我深知
俄国出现这新气象应归功于谁。
我们的好沙皇经过深思熟虑，
终于选中了一位正直的大臣，
希什科夫接受了管理学术界的重任。
我们敬重这老人，他正直，爱民如子，
他享有一八一二年的崇高荣誉，
在大臣中只有他爱护俄罗斯的缪斯，
他曾把这些卑微的人邀请召集，

① 书刊检查官克拉索夫斯基曾禁止用“奇妙的”、“天庭的”等字眼形容女性，认为这是对神的亵渎。
② 指作者1822年写的《致书刊检查官函》一诗。

他保护了叶卡捷琳娜遗留的桂冠上
唯一的桂枝①，使他避开当今的风霜。
他和我们一起埋怨，当我们的圣父②
把欧麦尔和阿里③奉为典型人物，
为讨好上帝，也为了安慰自己，
他扼杀文明真可谓不遗余力。
这颗笃信上帝的谦恭灵魂
为解救班迪什竟惩罚了纯洁的诗神。
协助他的还有高贵的马格尼茨基④，
一位心灵卓越的正人君子，
还有我那可怜的傻瓜卡维林⑤，
马格尼茨基的帮凶，加里奇的施洗人。
可悲的学术啊，由于你罪孽深重，
你竟被交到那些肮脏的手中！
检查机关哪！请看是谁把你统治！

　可是够了：黑暗的年代已经过去，
文明的明灯已照耀得更加灿烂。
随着那不幸的检查制度的改变，
老实说，我期望检查官们统统退休

① 指俄国诗人杰尔查文。
② 指原国民教育部大臣戈利岑。
③ 欧麦尔和阿里都是古代穆斯林哈里发，欧麦尔曾下令焚毁亚历山大城的图书馆，这两人被戈利岑视为榜样。
④ 马格尼茨基（1778—1855），宗教黑暗势力的主要代表人物之一，1821年曾参与捣毁彼得堡大学。
⑤ 卡维林，曾是“阿尔扎马斯社”成员。1821 年任彼得堡大学校长时参与捣毁该大学。

（可是不知为什么，你还把职务坚守）。
于是我匆匆赶去向朋友们祝贺，
并向他们提出忠告，要他们记得。

你可以严格，但要明智，并不要求你
取消所有法律规定的限制，
随心所欲，让我们的墨客骚人
安全地思想、说话、发表作品。
请按你的职责，保留你的权利。
但对平和的心智，朴素的真理，
甚至天真而使人欢娱的蠢话，
也不要刁难，在路上设下关卡。
如果你在消闲笔墨的成果里
没有看到什么了不起的教益，
其中也没有什么疯狂的秽迹，
对皇位、圣坛和习俗都不抱敌意，
那就衷心希望给作者留下荣誉，
大笔一挥，朋友，大胆地签个字。

克娄巴特拉[①]

　　女皇的流盼和美妙的声音
使豪华的宴会活跃而欢畅，
大家齐声颂扬克娄巴特拉，
承认她是自己崇拜的偶像，
欢呼着一起拥向宝座，
可是她突然面对着金杯，
默默无言地沉思起来，
把她那迷人的头颅低垂。

　　于是盛筵仿佛沉睡了，
一切在等待中不再喧闹……
可是她重新昂起头来，
神色庄重，向宾客说道：

---

① 克娄巴特拉（公元前 69—前 30），埃及末代女皇。普希金这首诗写于 1824 年 10 月，后经修改收入小说《埃及之夜》，后又经多次修改，但始终未有定稿。此诗的情节取自 4 世纪罗马历史学家阿弗列里 · 维克多的《伟人论》。

“请你们听仔细，在我们之间，
我可以重新平等相待，
爱上我，你们认为是幸福，
这幸福你们可以来购买：
谁来做这笔情欲的交易？
我要把自己的良宵出卖。
说吧，你们当中有谁肯用
生命的代价买我一夜的爱？”

　她说完，大家都默默无言，
心里汹涌着一团烈火。
但克娄巴特拉正在等待，
脸带冷峻粗野的神色：
“我在等待，”她说，“为何沉默？
你们是不是想要溜掉？
你们有这许多人，行动吧，
快来购买欢乐的春宵。”

　她那目空一切的目光
从这群崇拜者脸上扫过……
突然行列中走出一个人来，
跟着走出来的人还有两个。
这行动多果敢，那眼睛多明亮。
女皇高傲地站了起来，
拍板了，买下三个夜晚……
召唤他们的是冰冷的棺材。

女皇又一次提高她那高傲的嗓门：
“今天我要把皇冠与紫袍忘记干净！
像个平平常常的女工爬上床板；
塞浦律斯，我为你效劳，这事世上罕见，
夜晚的奖赏将成为献给你的新礼品。
啊，地狱的冥王，威严的神灵，请你倾听
充满阴间恐惧的悲哀帝王的心声！
请接受我的誓言：到甜美的朝霞东升，
我会百依百顺满足我的占有者的愿望，
让他们神魂颠倒，用令人销魂的柔肠，
热吻的百般神秘和洋溢的爱情之杯……
但是只要奥罗拉[①]之光一透过窗帷
照进我的皇宫，我向我的皇袍起誓——
他们的头颅将在早晨的斧钺下落地！”

受到神圣的手为之祝福的签条
从那签筒里一根一根轮流往外掉，
头一个中签的是阿克维，庞培的猛将，
他在征战中白了头，在战斗中屡屡受伤，
他不能忍受妻子对他的冷酷厌恶，
这冷峻的战争之子高傲地挺身而出，
去响应人生最后欢乐的血腥召唤，
像昔日挺身而出响应号召去征战。
接着是克里顿，他是个娇生惯养的才子，

① 罗马神话中的曙光女神。

在阿尔戈利斯[1]的天空下受教育，
他从幼小的童年起就是一名歌手，
他崇尚和歌唱火热的筵宴、火热的塞浦律斯。
最后一人在历史上没有留下名字，
没有人知道他，他也没有什么名声；
刚刚长出的一抹发黑的茸毛覆盖着
　　他那腼腆羞怯的面容。
　　他的双眸里燃烧着爱情的火焰，
　　脸上显现出对爱的热烈渴望，
看上去，克娄巴特拉已让他神迷心醉，
女皇也默默无言地对他久久欣赏。

① 希腊地名。

* * *[1]

季姆科夫斯基上台了——顷刻间满城风雨，
都说世上找不到两头相似的蠢驴。
来了比鲁科夫，接着是克拉索夫斯基：
不错，已故的季姆科夫斯基比他们机智。

---

① 此诗讽刺季姆科夫斯基、比鲁科夫和克拉索夫斯基三个书刊检查官。

致奥里查尔伯爵[①]

　　歌手！我们两个民族
自古以来就彼此为敌：
有时是我方呻吟抽泣，
有时是你方暴风雨下倾覆。

　　克里姆林宫蒙受耻辱和……被俘
你们往往会欢庆饮宴，
而我们会往攻陷的城垣
摔死普拉格[②]的年幼童孺，
当我们在血泊中肆意侮辱
科斯丘什科[③]鲜艳的旗幡。

———

　　谁和你们的少女用婚戒

① 古斯塔夫·奥里查尔（1798—1864），波兰人，曾向玛丽亚·拉耶夫斯卡娅求婚，遭拒绝。普希金为此写了此诗。
② 波兰华沙市郊的要塞。
③ 科斯丘什科（1746—1817），1794年波兰起义领袖。

喜结连理，就不是我们的人；
我们不会高举起酒杯
为你们娇妻的健康而畅饮；
而我们豆蔻年华的少女
即使让波兰人怦然心动，
也会因自尊心的强烈激励
拒绝民族敌人的爱情。

———

　然而诗歌的奇妙音韵
能化敌对的心为友情——
在天堂般的微笑面前
尘世的仇恨会悄然消融！
在灵感的甜美音韵之下，
在歌声…………诗琴……
赞美之声将四面响起，
和平将向各民族降临……

致普列特尼奥夫[①]函摘抄

你出版了我伯父的作品，
他是《危险邻居》的作者，
他完全无愧于这样的信任，
虽然寿终正寝的“座谈会”[②]
对他的作品置若罔闻。
现在出版我的作品吧，朋友，
这是我悠闲劳作的成果。
看在福玻斯的分上，普列特尼奥夫，
何时成为你自己作品的出版者？

---

① 彼·亚·普列特尼奥夫（1792—1865），俄国诗人，作家，彼得堡科学院院士，普希金的好友，普希金的作品大都由他出版。

② 指以希什科夫和杰尔查文为首的“俄罗斯语文爱好者座谈会”，在文学问题上持保守观点。

* * *

沙皇的黑人[①]想起要娶亲，
他常在贵族夫人间周旋，
对着贵族小姐们看一眼。
他给自己选了个美婵娟，
黑乌鸦白天鹅终结良缘，
他这个黑人啊乌黑闪亮，
她这个美人儿雪白娇艳。

① 指普希金的外曾祖父汉尼拔。

* * *

T－[1]说得对，他如此确切地将您
比喻成绚丽明媚的彩虹：
您看起来像它一样动人，
您的心灵也像它一样飘忽不定；
您像玫瑰一样在春光中流光溢彩：
您也像它一样在我们面前
如此绚丽璀璨地盛开，
一样刺人，愿上帝赐我们平安。
可是我更喜欢将您比作泉水，
这样的比喻我从心底里高兴：
不错，您的心灵与智慧比泉水更纯美，
不用说，也比泉水更冷静。
别的比喻都不如泉水这样巧妙；
比喻向来不恰当，这不是诗人的本意。
您的容颜和心灵都如此高贵和美好，
很遗憾，世上没什么可比。

① T疑为诗人图曼斯基，诗中的女子指谁，不详。

* * *

这高贵的女性很令我遗憾，
这女人酷爱种种荣光，
她喜爱遍地燃烧的烽烟，
也喜爱帕耳那索斯的神香。
打下普拉格，倡导文明，
占领塔夫里达，羞辱新月旗，
我们都归功于她的德行，
我们应该对她……尊称
密涅瓦[①]和诗神阿俄涅斯。
在皇村林荫道的树荫底下，
她同杰尔查文，同奥尔洛夫
进行富有远见的谈话——
同德林[②]，有时也同巴尔科夫。
这可爱的老太婆过得挺舒坦，

① 罗马神话中的智慧女神，即希腊神话中的雅典娜。
② 奥地利外交家，曾在俄国任职。

很愉快，生活还有点儿淫荡，
她是伏尔泰的第一个友伴，
有时写诏书，火烧战舰，
最后坐在便桶上把命丧。
从此以后…………黑暗，
俄罗斯，灾难深重的大国，
你的荣耀已被套上绳索，
同叶卡捷琳娜一起归天。

* * *[1]

妙龄的美人儿，当你的夫君尚未
将你交给其余六个人管辖，
　到墓地的清泉那里去吧，
　啜饮一抔清洌的泉水，
　你就想想吧，亲爱的朋友，
　犹如奔流不回的清流，
　闪亮，奔泻，最终流逝，
　一生的时光就此流失，
　在后宫中我也将化为乌有。

① 这是一个未完成作品的片断。

* * *[1]

这个令人厌烦的酷评家，
热衷于刊物上的争端，
像一条疯狗唾沫四溅，
把含鸦片的墨水泼洒。

① 此诗讽刺《欧罗巴导报》的编辑卡切诺夫斯基。

*　*　*

我们祖先的豪爽伙伴，
他是维纳斯和酒宴的友人，
他在宴会上是宴会之神，
他是花园之神在自己的花园。

＊　＊　＊[1]

对于甜蜜希望的召唤
和责备的声音都不屑一顾，
我将在异国土地上轻掸
身上从故国带来的尘土。
沉默吧，心中幻梦的絮语，
久已习惯的微弱的声息，
别了，令人厌恶的疆域，
在这里我第一次见到人世！
别了，老家幽暗的庭院，
岁月流逝在这里的宁静中，
心灵满怀激情与慵懒，
常生驰骋想象的幻梦。
我的弟弟，在分手的危险日子，
我心里念念不忘的总是你，
让我们握手最后一次，

① 这是一篇草稿，当时普希金曾和弟弟商议出逃之事。

低头服从命运的处置。

请祝福我这诗人的逃逸，

…………

在动荡的世界，无论在哪里

请时而回忆我的声音……

———

他将在远方的天空下沉默，

…………梦中，

孤零零…………落魄，

在异国他乡了此一生。

来到我这无名的坟茔，

…………

翘盼已久的时刻将来临，

有…………斯拉夫人

致萨布罗夫[①]

萨布罗夫，你在诽谤
我那些骠骑兵式的行为，
说我和卡维林到处游荡，
和莫洛斯特沃夫咒骂俄罗斯，
把一切事务都抛在一旁，
只顾和恰达耶夫一起读书，
和他们厮混了整整一年，
可是祖鲍夫并没有把我迷住，
拿他那个……黝黑的……

---

① 萨布罗夫，近卫骠骑兵，普希金在皇村学校时就与其结识，后在基什尼奥夫和敖德萨又遇见他。诗中的一些人都是普希金的朋友。

致婴儿

孩子，我不敢站在你身旁
对你发出幸福的祝词，
你用安详的心灵和目光
表明你是快乐的天使。

愿你的岁月充满光明，
如同你现在可爱的目光，
在世间美好的命运当中
愿你的命运伴随吉祥。

* * *

丽莎对恋爱深怀恐惧，
真的吗，这其中是否有诈？
你们可要小心啊，也许
她是一个新的狄安娜[①]。

她把柔情深藏在胸底，
只用那羞人答答的秋波
怯生生地在你们当中寻觅：
有谁能帮她坠入爱河。

① 罗马神话中的月亮和狩猎女神，以贞洁著称，但很残忍。

致罗江科[1]函摘抄

别了，乌克兰的贤达之士，
福玻斯和普里阿普斯[2]的代表，
你戴着麦秸编成的草帽
比戴着一顶桂冠更舒适；
你的罗马是乡村，你是我的教皇，
请为我祝福吧，诗人！

① 罗江科（1793—1846），乌克兰诗人，普希金的朋友。此诗是普希金致罗江科一封信的结尾。

② 希腊神话中的男性生殖力之神，一说是园艺葡萄种植之神，同时又是婚姻和畜牧之神。

致列·普希金函

怎么样？可有葡萄美酒？
莱昂[1]，我翘盼已有好久。
你知道它是什么品牌？
我自己只有一条规定：
想喝什么酒，各有所爱，
但任何品牌我都能尽兴。
我那热情好客的酒窖，
喜爱马德拉[2]的金黄酒液，
还有用树脂软木塞密封的
长颈酒瓶的圣·彼列[3]。
在我那些欢乐的年代，
在我那疯狂的年少时刻，
诗情的爱伊是我所爱，
它翻腾着咝咝响的泡沫，

---

① 普希金弟弟的名字列夫的别称（法语“狮子”的译音）。
② 葡萄酒牌子。
③ 葡萄酒牌子。

像爱情那样热烈欢快！
……我想起了一个诗人，
亲爱的弟弟，在这样的良宵，
我觉得泡沫翻腾的酒樽
比世上的一切都更美好。

现在我已不迷恋美酒，
宴会上我已不再挑剔，
作为理智的享受的朋友，
我把各种美酒一一品味。
我还是喜欢稍稍喝一点，
不时碰一碰我的酒杯，
常常喝一点，但感谢上天，
已难得难得喝得大醉。

* * *[1]

房间用隔板从当中隔断，
成了相当洁净的两间，
墙角的搁板上供着圣像，
柳枝摆在圣像的下方，
此外还有干圣饼和蜡烛
…………
装……的瓦罐放在窗台上，
两只金丝雀在炉台上方——

① 这是一首未完成诗的草稿。

断　章

*　*　*

他冷淡地笑了笑，
当母亲劝告……

*　*　*

犹如拜伦歌唱过的囚徒，
他长叹一声，离开幽暗的牢笼

*　*　*

一个人虚弱而怯懦，
智力上的盲人，总是发慌

* * *

伊凡王子在森林里狩猎，
他越过田野，翻过高山，
追赶一条褐色的老狼。